长篇传记文学

卢鹤绂传

蔡沐禅 刘忠坤 著

复旦大学出版社

内 容 提 要

本书是一本纪念我国物理学家、中国科学院院士卢鹤绂先生的长篇传记文学。作者沿着时间脉络，记述了卢鹤绂作为科学家、教育家、爱国者的伟大一生，从不同侧面表现卢鹤绂先生孜孜追求的奋斗精神和开拓创新的科学态度；反映卢鹤绂先生令人瞩目的学术成就和求真务实的治学经验，展示卢鹤绂先生热爱祖国的赤子情怀和关爱他人的长者风范，以及他俭朴纯真、丰富多彩的生活风貌。

本书文笔生动，可读性强，特别适合教育工作者和青少年阅读。

院士风采（1980年）

他，不为诱惑所动，一片丹心精忠报国
他，传道授业，教书育人，培养了新中国第一批核物理人才
他，一生潜心研究，留下了很多真知灼见
他，高屋建瓴，创造了许多世界第一
他，是举世公认的"揭开原子弹秘密的第一人"
他，是理论物理界一代宗师，以其名字命名的公式熠熠生辉
他，逝世后美国主流社会为其塑立了第一座中国科学家雕像
他，就是卢鹤绂

序

2014年6月7日,是卢鹤绂先生的百岁诞辰。在此之前,5月30日的《中国科学报》发表了题为《中国"核能之父"卢鹤绂》的纪念文章,这是主流媒体对卢鹤绂的肯定。这篇文章中说:"在数十年的教育、科研生涯中,卢鹤绂为我国的物理事业和培养我国第一代原子科学技术骨干作出了重要贡献。"他第一个发现热盐离子发射的同位素效应;他第一个精确测量了锂元素的丰度比;他第一个公开揭示了原子弹的秘密;他提出的弛豫压缩基本方程被国际学术界誉为"卢鹤绂不可逆性方程"……

提起核能、原子弹、理论物理、量子物理学,大家耳熟能详的名字,在国际上是爱因斯坦、费米、奥本海默……在国内是邓稼先、王淦昌、朱光亚……而卢鹤绂对绝大多数中国人来说,却是一个十分陌生的名字。这主要有四个方面的原因。

首先,是其研究成果的机密性。卢鹤绂于1939年在美国明尼苏达大学获得科学硕士学位时,正值铀235核裂变的发现震惊全球物理界之际,如何用特大质谱仪长时间积累出足够数量的铀235,是当时全世界面临的难题。在攻读博士期间,他提出扇状磁场对入射带电粒子有聚焦作用的普适原理,并据此设计制造出一台新型60度聚焦的高强度质谱仪。1941年,卢鹤绂完成博士论文《新型高强度质谱仪及其在分离硼同位素上的应用》。该论文因涉及军事保密领域而被美国政府扣发,直到1950年,美国原子能委员会刊物《核科学文摘》才发表其论文的全部提要。

其次,是他回国后专注于理论研究与教学。1964年10月16日,我国成功爆炸第一颗原子弹;1967年6月17日,第一颗氢弹又成功爆炸。这些震惊世界的伟大成就,把国人的注意力几乎全部引向了那些具体参与研制工作的"两弹一星"元勋们的身上,而他们的老师——卢鹤绂(当然是老师之一)则被隐于幕后了。

要知道,在1955年至1957年期间,卢鹤绂就在北京大学中子物理研究室参与举办了代号为"546"的绝密培训班,主讲自己亲自编写讲义的《中子物理学》和《加速器原理》两门课程,同时还讲授了《核物理》、《磁流体力学》、《等离子体物理学》等课程。"546"培训班对于新中国核能发展有着无可替代的重大意义,它培养了我国第一批核能高级技术人才。1999年,中共中央、国务院及中央军委授予23位科技专家"两弹一星"功勋奖章,其中有7位是"546"培训班的学员,直接受教于卢鹤绂。

再次,理念的不同让卢鹤绂选择了理论研究。他当然明白,新中国成立伊始亟需核武器作为震慑力量,以立足于列强环伺的世界。作为在世界核物理理论研究领域取得重大成就的卢鹤绂,也接到了参与研制两弹的邀请,但终其一生,卢鹤绂一直在呼吁,科学技术应当发展和平事业,用于造福人类,而非其他。

最后,意外去世让他的最新研究胎死腹中。在晚年即将迎来第二个科研高峰的前夕,卢鹤绂不幸意外早逝,其基本成型的关于相对论的理论思考未能来得及面世,使其错过了"科学的春天"带来的再一次机遇,也给理论物理界造成了巨大的损失。

1941年在美国明尼苏达大学拿到博士学位后,卢鹤绂放弃了在美国的优越工作条件和舒适生活,毅然回到了抗战中的祖国。为此,他退出了自己与另外两名物理学家正在进行的课题研究,而不久之后,那两位物理学家就凭该课题成果获得了诺贝尔奖。这也是为什么20世纪

80年代,两次获得诺贝尔奖的美国物理学家巴丁在上海科学会堂作报告时会说:"如果卢鹤绂当年留在美国的话,肯定会获得诺贝尔奖。"

卢鹤绂的祖籍山东省莱州市(原名掖县),历来高度重视教育,是文化积淀厚重的千年古邑,历代才俊辈出。在科技方面,东汉左伯创制子邑纸,质量更胜蔡伦纸;三国数学家徐岳被誉为珠算鼻祖,其著作《九章算术》是世界古代数学名著。在政治方面,莱州历史上出过105位进士;宋朝宰相吕蒙正之吕氏"一门三相",明代吏部尚书赵惠之赵家"一门三尚书",皆为史上罕见,堪称盛事;就在毛纪为三朝元老时的明朝,曾有"明代莱州半朝官"的说法;清末有著名的外交家、中国红十字会创始人吕海寰。在文学艺术方面,西汉易学大师费直校注《周易》开创"费氏易";明代刘重庆(号耳枝)书法自成一体,名动京华,被誉为"神笔刘耳枝";清代语言学家、书法理论家翟云升编撰《隶篇》;近代有人民美术家王世廓,戏曲理论家马少波。还有群星闪烁的革命先驱,商界巨子,文体明星……

从卢鹤绂的成长轨迹,不难看出"文脉绵长"之特征。其父卢景贵,1913年即留学美国。在卢鹤绂兄妹9人中,除他与二弟留学美国外,其余兄弟姐妹全部大学毕业,这在动荡不安的20世纪初叶的中国是极其罕见的。卢鹤绂的长子和长孙女继承了他的衣钵,尤其孙女卢嘉的发展前途未可限量。

有鉴于此,本书并未局限于卢鹤绂本身,而是适当延伸,让读者在一个更大的时间坐标中观察一座科学"高峰"形成的来龙去脉,较为全面地了解其前因后果,这对于理解教育、教养对于一个家族的兴盛乃至一个民族的崛起所具有的巨大意义,都是大有裨益的。

伟大的科学家、教育家和爱国者,这应该是对卢鹤绂最基本的评价。这其中,科学家离不开天赋、努力和机遇,教育家基于学养、付出与坚持,爱国者则出于品性、道德与修养。这些对于凡夫俗子来说,做到任何一个方面都足慰平生，尤其是对于青少年来说，可以从卢鹤绂身上汲取的太多太多。我们也许天赋不够突出，机遇也不够多，难以成为大家，但每个人都可以通过后天的努力、付出与坚持，提高学养，淬炼品性，终可成才。成不了科学家，可以成为优秀的科技工作者；成不了教育家，可以成为称职的教育工作者；而作为一名合格的华夏子孙，成为爱国者，则人人都义不容辞。百年一瞬，我们正处在一个伟大的时代，面对先辈，我们该怎样从卢鹤绂身上汲取力量，做出不辜负伟大时代的业绩，这是每一名华夏儿女应该深思的。

爱国，敬业，诚信，友善，社会主义核心价值观完美地体现于卢鹤绂的一生。正如《中国"核能之父"卢鹤绂》一文最后所说："在数十年的教育、科研生涯中，卢鹤绂为我国的物理事业和培养我国第一代原子科学技术骨干作出了重要贡献。尽管与诺奖失之交臂，他却实践了自己信奉一生的格言：'知而告人，告而以实，仁信也。'"

作者

于2015年元月（甲午年末）

目录

序   1

引子   1
第一章   不平凡的青少年时代   3
第二章   "称原子重量的中国人"   18
第三章   "揭开原子弹秘密的第一人"   28
第四章   冲破重重阻力回到祖国   35
第五章   元宝山上智服顽匪   46
第六章   应聘去浙江大学任教   53
第七章   "卢鹤绂不可逆性方程"诞生   65
第八章   初到上海复旦大学任教   71
第九章   赴北京大学办特殊训练班   77
第十章   重新回到复旦大学   85
第十一章   文革初期艰难的岁月   94
第十二章   喜迎科学的春天   102

第十三章	一封来自斯瓦斯莫尔大学的聘函	118
第十四章	在斯瓦斯莫尔大学任教的日子	124
第十五章	去伊利诺伊大学讲学和在美国参观访问	134
第十六章	应邀到全国各地的讲学活动	148
第十七章	不知疲倦的探索者	157
第十八章	坦然面对"与诺贝尔奖擦肩而过"	170
第十九章	愿"再为祖国服务 20 年"	175
第二十章	永远的怀念	190

参考文献　　　　　　　　　　　　　　　　　　　　201

引子

19世纪末至20世纪上半叶的世界历史,可以说是人类有历史记载以来最为波澜壮阔、惊心动魄的历史,对人类社会发展的影响至为深远。短短半个世纪,世界局势跌宕起伏,经济技术发展迅猛,社会政治变革剧烈,新思想、新理论、新学说、新成果层出不穷。在此期间,第二次工业革命蓬勃发展,第三次科技革命萌芽初露,人类的社会生产力产生了根本变革;资本主义经济危机席卷全球,社会阶层急剧分化;生产和资本高度集中,各主要资本主义国家先后过渡到垄断资本主义阶段,西方世界建立起资本主义市场体系,掀起了瓜分全球的狂潮;第一次世界大战结束仅仅20年,第二次世界大战旋即爆发……

而此时的中国,完全与世界形势格格不入,背离了人类历史发展的潮流。封建帝制腐朽不堪,风雨飘摇,日薄西山;大清王朝吏治腐败,丧权辱国,命不久矣。1894年以降,中日甲午战争、八国联军侵华战争……帝国主义疯狂瓜分中国。

1898年,资产阶级改良派领导维新变法,新思想的曙光开始照耀中国。

1911年,孙中山领导了资产阶级民主革命:辛亥革命。10月10日的武昌起义以及全国各省的纷纷独立,使清政府的统治土崩瓦解。

1912年1月1日,南方革命党人成立了以资产阶级革命派为主体的民主共和政体。各省代表通过选举公推孙中山为中华民国临时大总统,并通过了孙中山提出的各部部长、议长名单,组成中华民国临时政府。这种政体实则为总统制民主共和制,它的建立宣告了中国历史上自秦汉以来封建帝制时代的终结。

1912年2月12日,袁世凯以内阁总理大臣的名义逼清帝退位,确立共和政体。14日,孙中山提出辞职,并推荐袁世凯代替自己。15日,南京临时政府参议院选举袁世凯为中华民国临时大总统,南北政权即将合并。

此后,一心走向独裁的袁世凯玩弄权术,软硬兼施,控制国会。1913年11月,下令解散国民党;1914年初取消国会,3月份废除《中华民国临时约法》立《中华民国约法》,规定取消内阁制,实行总统制;不久又撤消国务院,成立由他亲自任命的参政院。至此,责任内阁制、国会制等资产阶级革命所留下的资产阶级民主制度已被破坏无遗。袁世凯"拥共和之名,行专制之实","中华民国"只剩下一块空招牌。

1914年,本书主人公诞生的年份,这是农历甲寅(虎)年,民国三年。

这一年,中华革命党在日本成立,第一次世界大战爆发,年中至年末,西欧大部分国家被卷入到一战的炮火当中。

6月10日,中国留美学生在美发起组织"中国科学社",次年1月在上海创办《科学》杂志。

军阀混战,战火纷飞,民不聊生,风雨飘摇。直到1921年中国共产党诞生,神州大地才曙光乍现,中华民族从此走向光明……

第一章　不平凡的青少年时代

1891年11月17日清晨，沈阳南苇行胡同18号的二进头深宅大院里，一个白白胖胖的大小子呱呱坠地，原来是这个大户人家的夫人生下一个男婴，阖府上下一派喜气洋洋。

这户人家的主人叫卢士义，字宝臣，他不是沈阳当地人，他的老家在山东省莱州府城北卢家疃村。卢士义从小家境贫寒，没有读过书，18岁时家乡闹饥荒，他便随着闯"关东"的人群漂泊到沈阳。在这中国北方的大城市，他举目无亲，只能靠当搬运工之类打短工糊口，后来便推车卖布，学做生意。卢士义虽然年纪不大，又不识字，但是他勤劳刻苦，肯动脑子，经营得方，生意越来越好，不久便在沈阳城有了立足之地。他用做买

卢鹤绂的祖父卢士义

卖赚的钱,在沈阳城内东华门繁华热闹的地段开设了一家"广义德布店"。后来,又把布店移到沈阳城南关,改名"天义德"布行,买卖更加兴隆。

赚的钱多了,卢士义便到南苇行胡同18号,买下一处有前后院、正房、东西厢房,二进头式的很宽敞的四合院。

夫人生孩子的那天早上,卢士义天蒙蒙亮就去布行做生意了,得知消息赶回家中,看到襁褓中的大胖儿子,高兴得不得了,把小家伙抱在怀里,他喜上眉梢,笑着对夫人说:"这孩子生得天庭饱满,有福贵相,就给他取名景贵吧,你看怎么样?"

夫人点点头,说:"好,就叫景贵吧。但愿孩子以后大福大贵,做个正直的好人……"

卢景贵在父母的呵护下,渐渐长大。卢士义发现儿子越来越显露出天资聪明,并且很喜欢读书,这让卢士义更加喜欢,就亲自送儿子进私塾馆读书。后来卢景贵先后去北平以及天津的工业学堂攻读机械专科,毕业后,于1913年冬天,公费去美国伊利诺伊大学机械工程系留学深造。

卢景贵在天津工业学堂读书期间,由媒人说合,与一个大户人家的漂亮小姐订婚。这位小姐名叫崔可言,生于1892年5月19日(农历壬辰年四月廿三),不但人生得清秀美丽,而且十分聪明贤惠,被家里人视为宝贝,从小就进女子学堂读书,14岁时曾东渡日本,和"鉴湖女侠"秋瑾一起,在东京的青山女子实践学堂公费留学,两人是关系密切的校友。崔可言18岁时归国,在大南关女子小学任教。1912年,她和卢景贵结婚,其时卢景贵还在天津公立工业专门学校读书,他们的婚礼是利用学校放假的时候举行的。

1914年6月7日(甲寅年五月十四),沈阳市南苇行胡同18号的四合院里又新添了一名男婴,全家人喜气洋洋,爷爷卢士义更是高兴得合不拢嘴,他抱着孙子,含笑说:"小家伙生得结实,帅气,蛮有灵气,就取名鹤绂吧,小名叫个福海。"

1916年8月的一天,秋高气爽、阳光明媚,崔可言怀抱年仅两岁的卢鹤绂,从营口上船,在海上漂泊了一天一夜来到了上海,从上海搭乘一艘送清华学生赴美国的轮船到达芝加哥,下船时丈夫卢景贵亲自接他们母子到伊利诺伊大学团聚。

1917年,卢景贵在伊利诺伊大学本科学习毕业,获得了机械科学士学位,后又转到普渡大学攻读硕士学位。

1917年11月3日(丁巳年九月十九),卢景贵的次子在美国出生,取名卢鹤绅,乳名福美。

卢景贵在普渡大学攻读了一年,尚未完成学业,就接到了当时中国奉天省政府电催回国创办工业专科学校的指令。1918年3月,卢景贵和妻子崔可言携两个幼子从美国回到了沈阳南苇行胡同18号的老家。他们的归来,给沈阳城的家中带来了喜气和欢乐,卢家大院呈现出一派祥和生机。

卢鹤绂的第一张照片

1918年11月20日(戊午年十月十七),长女卢鹤松诞于沈阳卢家大院。

1919年,卢景贵任奉天省立工业专门学校机械科主任教授,旋即任中日合办本溪湖煤铁公司技师。上任后,卢景贵把崔可言及3个孩子接到本溪安家。安顿好后,卢景贵便送长子卢鹤绂进一家私塾馆读书。私塾馆的老师面色严肃,教学严厉。他教学生们读《论语》、《孟子》,要求学生熟背课文,哪个背不上来,就拿板子打学生的手。卢鹤绂惧怕私塾老师严厉的面孔,总是早早先把课文背下来,以免受老师的板子。由于卢鹤绂学业好,从来未被老师打板子,卢景贵也觉得脸上有光。

1920年3月4日(庚申年正月十四),崔可言在本溪生下次女卢鹤柏。

卢景贵和崔可言在沈阳工作时的留影

这年冬天,卢景贵奉命到津浦铁路济南机厂任机器司,管理机车、机器两项工作。于是,他带领全家6口人来到山东济南,在大槐树街安家。大槐树街位于现在的济南市槐荫区,相传唐代大将秦琼府第在此,门前有几棵大槐树。由于此街地势低洼,道路具有交通与行洪的双重功能,道路两侧石砌挡墙,民居都建在沿路高台之上,成为独特景观。安顿下来后,卢景贵把大儿子卢鹤绂送进津浦铁路附属扶轮小学(解放后改为济南铁路职工子弟第一小学)读书,开始接受新式教育。

每天清晨,卢鹤绂和同学相约,背着书包,步行跨过铁路去上学,因路途遥远,他中午不回家,随身带一个饭盒,与同学们一起吃饭。虽然多数时间吃的是冷食,但是同学们搭伙分着吃,吃得很香甜,很有滋味。下午放学,他依然和同学一起步行回家。每天往返十几里路,这对于一个只有六七岁的孩子来说,是一个很好的锻炼。

1922年3月30日(壬戌年三月初三),卢景贵的三儿子卢鹤绥出生。

卢景贵家有个厨师,名叫战云起。他常常在星期日休息时带卢鹤绂到市区繁华的内萃卖场看京戏,这对卢鹤绂后来终生酷爱京剧艺术是个启蒙。

1923年2月,卢景贵调任东北四平四洮铁路局任局长,携全家迁到四平街铁路局长官邸居住。卢鹤绂插班进入了四洮铁路局附设小学继续读书。

第一章　不平凡的青少年时代

卢鹤绂的京剧扮相

当时,四洮铁路是向日本借款修建的。卢景贵上任后因铁路修建问题时常与日方代表发生口角,幸亏妻子崔可言有留日经历,既能讲一口流利的日语,又颇懂日本人的处事方式,能够经常从中调解,从而缓和了卢景贵与日本人之间的矛盾。

这期间,一个偶然的机会,使卢景贵与"东北王"张作霖扯上了关系。那年的冬天,东北的天气特别冷,沈阳的大街上行人都很少。这时候,张作霖帅府的暖气却出了大问题,帅府的大管家找来许多机械师维修,可是烧暖气的德国造锅炉就是转动不起来。

暖气修不好,屋里很冷。张作霖的脸色很难看。一旁的秘书见状,惶惶不安地上前进言道:"大帅,我听说有个留美的机械工程师,名叫卢景贵,不妨请他来试一试,也许能把暖气修好。"

张作霖听了,面露喜色,立即吩咐道:"快去把卢景贵找来!"

卢景贵临难受命,匆匆地赶到了大帅府,他先是仔细察看了暖气设备,然后挽起袖子,三下五除二就把锅炉修好了。屋里很快供上了暖气,张作霖很高兴。

卢景贵收下了帅府大管家给的银子,道谢之后准备离开。这时,秘书又对张作霖进言道:"大帅,这个卢景贵不简单,别的机械师费心竭力修不好,他这么轻松就把锅炉修好了,是一个难得的人才,我们不能让他走!"

"对,不能让他走!"张作霖虽然是一代枭雄,但也是一个很爱惜人才的主儿。其时,奉天省长王永江提出了自建"奉海铁路"的计划,张作霖非常支持这一想法,因为当时的张作霖要做"东北王",但是东三省在日、俄两国的势力范围之间处处受制,极为不便,京奉、南满等铁路又相继建成通车,张作霖亟欲修建自己控制的铁路,与日本的"南满铁路"相抗衡,用自己的铁路转运农副产品和土特产品。此时的张作霖对懂得现代机车技术的留美人才格外重视,他自然有意留下卢景贵,便点了点头,对卢景贵说:"你就留在我身边吧。"

就这样,卢景贵留在了张作霖的身边,并与张作霖、张作相、杨宇霆、常荫槐等结拜为兄弟。由于卢景贵在自家兄弟4人中排行老四,因此少帅张学良称其为"四叔"。

1925年初,四洮铁路局准备购买4辆捷克斯克达机车。但因为同日本签订借款条约时规定:会计处长须聘用日本人;一切器材机械应该购买日本产品。所以在购买捷克斯克达机车时,日本会计处长不予签字。

卢景贵见其不签字,内心愤愤不平,脸露怒色,厉声说:"我是铁路局长,有全权为本局购买车头,你只是一个雇员,理应听我的指挥!"

日本会计处长见卢局长态度强硬,不敢得罪,只好拿起笔乖乖地签了字。

最终,卢景贵用有利于中国方面的价格购买了捷克斯克达机车。这次事后,卢景贵在与日本方面打交道时,开始处于优势,日本人再也不敢轻易违背卢景贵的指令。

这期间,卢景贵还有一件事处理得颇受张作霖的赏识。那是在购进机车车头后,对方为表示对卢景贵的谢意,当即送给他53万元的回扣。卢景贵收下后,如数上交给张作霖,并详细汇报了谈判的过程,张作霖当即称赞道:"四弟,这事你干得很漂亮!"

卢景贵在北平读书的时候爱上了京剧艺术,尤其喜欢听谭鑫培和王凤卿的戏。在四洮铁路局,他开设了员工俱乐部,支持员工在工余时间学戏消遣。每到星期六晚上,卢景贵总是早早吃了饭,赶到俱乐部和员工们一起彩排京戏。公演时,请员工和家属们免费欣赏。每次公演,崔可言总是带着孩子们前去观赏。

卢鹤绂年纪虽然小,但他除了随母亲去看父亲演京戏外,还经常一个人赶到俱乐部看戏,这也让他从小就爱上了京剧艺术,后来成为专工谭派老生的票友。

这个时期,卢景贵的事业很顺利,家中人丁也很兴旺。1924年2月6日(甲子年正月初二),三女儿卢鹤桐出生。次年的4月30日(乙丑年四月初八),四儿子卢鹤绚出生。

家族人丁兴旺,使卢景贵心情愉快,开始谋划对子女的教育问题。一天,他下班归来,嘴里哼着京剧唱腔,进屋笑着与崔可言商议道:"四平是一个小镇,文化不发达,不利于对孩子们的教育,咱们搬回沈阳居住,你认为如何?"

"好啊!"一向对丈夫言听计从的崔可言,是中国典型的贤妻良母,她微笑着对丈夫点点头,说:"听你的,咱们就搬回沈阳吧。"

这年的夏天,卢景贵将全家迁回沈阳居住,家中的一切事务全由崔可言一人打理。卢景贵放心地回到四平,独自一人主持四洮铁路局的工作。

在沈阳家中,崔可言一人把家中打理得井井有条,上下祥和,家业兴盛。1926年5月30日(丙寅年四月十九),崔可言生五子卢鹤纹;1927年10月8日(丁卯年九月十三),又生六子卢鹤维。卢景贵在那个多妻制的旧时代,只娶一个妻子,并且生了9个孩子,实属非常罕见。

极为罕见的九福五端图(端即"月",九子农历生日共5个月份)

1928年6月,卢景贵以四洮铁路局局长的身份兼任东北交通委员会路政处主任委员。同年11月,卢景贵被免去四洮铁路局局长职务,专任路政处主任委员,继而又调任总务处主任委员兼代主持会务。这时候,卢景贵便从四平搬回沈阳。他看到一大家人仍居住的南苇行胡同18号太挤,便在商埠地六纬路自行设计,督工建造了一座三层楼房,全家人随之迁入。

卢鹤绂 1926 年从经三路小学毕业，考入东门外省立第二初级中学（即奉天省官立东关模范两等小学堂）读书。这是一所新式的初级中学，在卢鹤绂考入这所学校前夕，周恩来已经从这所学校毕业。卢鹤绂入校的当天，国文老师即以"万国公法不如一尊大炮"作为作文试题，卢鹤绂以流利的文笔写好了作文，对以武力践踏国际公法的行为进行了抨击，受到了国文老师的称赞。

1929 年，卢鹤绂以优等的成绩从东门外省立第二初级中学毕业，他同二弟卢鹤绅一起进入了南门外东北大学附属中学读书。卢鹤绂读高中理科班，卢鹤绅读初中班，平时两人都住在学校宿舍里，只有周末兄弟两人方可回家一次。卢鹤绂在这所学校里开始读英文课本，《物理学》是美国人米利根及盖尔所著，"三角"、"代数"也都用的是英文教本。在这里，卢鹤绂开始奠定了理工科的求学方向。

每次周末回家，卢鹤绂总是到父亲的书房里翻书看，他看到书房中有很多关于科学及工程学的英文书籍，便一本一本地认真翻阅。读完父亲书房中的书，他又忍不住到街上的书店买书看，这让他逐步养成了喜欢买书读书的习惯。他曾到大街的书摊上买了一大套以"一瞥"为名的小丛书，这套小丛书使卢鹤绂广泛涉猎了各个领域的文化知识；他还购买阅读了王云五主编的《万有文库》，爱不释手地不知读了多少遍。这个时期，卢鹤绂还对许多旧小说产生了兴趣，尤其对《三国演义》最为喜欢。因为父亲从四平回到沈阳后购置了小轿车代步，他便仔细地阅读了《汽车学》一书，竟然能根据从书中学到的知识，自己琢磨着学会了开汽车。

1931 年 9 月 18 日，卢鹤绂和二弟卢鹤绅步行回到家，得知日本侵略军已经占领了沈阳，便闭门不出。"九一八"事变的第二天，日本"满铁"理事木村派人请卢景贵出任伪职，一向爱国的卢景贵自然是坚决不会给日本人办事的。他深知事态紧迫，连夜带领全家人跨过铁路步行到皇姑屯车站，登上了北宁铁路客车，随交通委员会同仁进入关内。卢景贵早先已经在天津意奥交界路 25 号购置了一处 3 层楼房，所以他便带领全家人直奔天津。由于逃离沈阳时过于匆忙，全家人除了随身衣物外，几乎未带出什么，崔可言便凭借一口流利的日语，两次只身出关，闯过道道关卡，将衣物、书籍等都带到了天津。

安顿好之后，卢景贵便送卢鹤绂进入黄纬路河北省立工业学院机电预科住校借读就学，送次子卢鹤绅进入汇文中学读书。卢鹤绂进校后听的第一堂物理课，是一位从英国取得硕士学位的马先生讲授的，这是一位很著名的物理学教师，教本是华特森著的英文版《物理学》。马老师讲课思路清楚，语言生动有趣，这使卢鹤绂产生了巨大兴趣，因此他的物理学考试每一次都是优等。在马老师的影响下，卢鹤绂树立了毕业后到北平去投考燕京大学*物理系的理想。

1931年冬天，卢鹤绂正在教室读书，一位同学手拿一张天津《大公报》，递到卢鹤绂面前。卢鹤绂接过报纸一看，得知日本侵略军侵占上海吴淞口，十九路军奋起抗日保卫上海。当他从报纸的一角看到募捐支援淞沪抗战的消息后，立即放下报纸，跑步回家，上气不接下气地对

---

* 燕京大学（英语：Yenching University, Peking University），简称燕大，校名源自于北京昔名，燕京。燕大是20世纪初由四所美国及英国基督教教会联合在北京开办的大学。这是近代中国规模最大、质量最好、环境最优美的大学，创办于1916年，司徒雷登任校长，曾与美国哈佛大学合作成立哈佛—燕京学社，在国内外名声大震。

国民政府迁台后，燕京大学在香港被并入香港中文大学的崇基学院。在中国大陆，其资产由中央人民政府接管后被整并。在中国高等学校1952年院系调整中，燕京大学被撤消。学校民族学系、社会学系、语文系（民族语文系）、历史系并入中央民族学院（今中央民族大学），法学院并入北京政法学院（今中国政法大学），经济学系并入中央财经学院（今中央财经大学），其他文科、理科多并入北京大学，工学院并入清华大学，医学系并入协和医院。校舍由北京大学接收，现在其建筑仍为燕京大学古迹。

燕大诞生于"五四"时期，作为那个时代中国高等教育的重要代表，一开始便与学生爱国民主运动结下不解之缘。存在的33年间，这所大学在教育方法、课程设置、规章制度诸多方面，对中国近代高等教育的发展产生了深刻的影响。

没有哪所大学能像燕京大学一样，对中国的政治介入如此之深，以至于研究中国近现代政治史都无法绕开燕京大学。"五四"运动、"西安事变"、国共内战、学生运动……近现代中国的许多重大事件，都和燕京大学有关。而在当时的历史条件下，特别是在20世纪20年代以后，教会大学在中国教育近代化过程中起着某种程度的示范与导向作用。因为它在体制、机构、计划、课程、方法乃至规章制度诸多方面，更为直接地引进西方近代教育模式，从而在教育界和社会上产生极为深刻的影响。

母亲说:"日军侵略东北,东北未抵抗而丧失,现在日军又侵占上海吴淞口,《大公报》发起募捐,支援十九路军抗战。妈,您给我点钱吧。"

崔可言听了儿子的话,二话没说,打开一个小箱,从里边拿出一张壹佰元的钞票,递到卢鹤绂的手中,说:"儿子,你做得对,这钱你拿去捐了吧⋯⋯"

卢鹤绂双手接过壹佰元的大票,立即跑步送到《大公报》馆,说:"我是河北省立工业学院机电预科班的学生,看了你们募捐的消息,特赶来捐助十九路军在淞沪的抗战,希望我国军队打胜仗⋯⋯"

次日,《大公报》在号外刊登了卢鹤绂捐款的消息,同宿舍的同学们看到卢鹤绂捐献如此大的数目,都表示赞扬,说:"卢鹤绂,你真慷慨大方,好样的!"

听了同学们的话,卢鹤绂心里感到无比的高兴,脸上露出了欣慰的微笑。

1932年夏,卢鹤绂以优异的成绩考入北平燕京大学理学院物理学系。开学那天,父亲卢景贵和母亲崔可言亲自送卢鹤绂到燕京大学,卢鹤绅也随之前往。卢鹤绂报到后,父亲、母亲和兄弟两人带着行李来到宿舍,崔可言亲自动手,帮助儿子把行李放好,又把床铺好了,才和卢鹤绂依依话别。

卢鹤绂在燕京大学主修物理,辅修数学。"普通物理"是孟昭英教授讲授,孟教授讲课通俗易懂,卢鹤绂很爱听,这也使他对物理学越来越有兴趣。卢鹤绂还跟张承书、袁家骝、杜连耀教授做物理实验;跟张文裕教授学习"力学";跟毕德显教授学习"热学";跟谢玉铭教授学习"光学"和"近代物理"。这些教授的学问都很深,授课时讲得明了清晰,卢鹤绂非常喜欢。系主任班·威廉(William Band)是个英国人,用一口流利的英语授课。卢鹤绂英语水平很好,不仅课听得明白,而且每次老师提问,他都能用英语对答如流,这让班·威廉很是喜爱。有一次,班·威廉在授课结束时说:"卢鹤绂是个好苗子,可以称为物理学系的奇才，将来我要推荐他去美国的一所好大学继续深造……"

卢鹤绂走上物理学的科研道路，也许是冥冥中自有天意。因为从19世纪末到20世纪初，人类对物质世界的新认识不断涌现，超过了之前几千年认识的总和，新发现层出不穷，新理论不断创立。

1895年，德国科学家伦琴发现X射线，揭开了现代物理学发展的序幕。

1896年，法国科学家贝克勒尔发现天然放射性现象。

1900年，德国著名物理学家普朗克创立了量子论。

1905年，20世纪最伟大的科学天才爱因斯坦，在他26岁时创立了狭义相对论，在理论上为原子能的应用开辟了道路。

1905年，爱因斯坦提出了光量子论，揭示了光的"波粒二象性"。

1911年，新西兰著名物理学家卢瑟福发现原子内部有一个核。

1913年，丹麦物理学家玻尔把量子化概念引进原子结构理论，他指出，放射性变化发生在原子核内部，于是研究原子核的组成、变化规律以及内部结合力的核物理学应运而生。

1923年，法国著名理论物理学家德布罗意提出物质波理论。

1925年，德国物理学家海森堡和奥地利物理学家薛定谔分别建立矩阵力学和波动力学。

1928年，26岁的英国物理学家狄拉克提出电磁场中相对论性电子运动方程和最初形式的量子场论，使包括矩阵力学和波动力学在内的量子力学取得了重大的进展。

1932年，英国物理学家查德威克发现了中子。从此，人们认识到各种原子都是由电子、质子和中子组成的，于是把这3种粒子和光子称为基本粒子。

……

这其中的1913—1925年，是物理学发展史上尤为"动荡"的时代。美国犹太裔物理学家奥本海默曾诗意地描述：那是一个在实验里耐心工作的时代,有许多关键性的实验和大胆的见解,有许多错误的尝试和不成熟的假设;那是一个真挚通信与匆忙会议的时代,有许多激烈的辩论和无情的批评,充满了巧妙的数学性的方法。对于那些参与者,那是一个创新的时代,从宇宙结构的新认识中,他们感受到了激奋,也体验到了恐惧。这段历史恐怕永远也不会被完整地记录下来。要写这段历史,需要有非凡的笔力,由于涉及到的知识距离日常生活是那么的遥远,实在很难想象有任何诗人或史家能够胜任。

奥本海默的描述,形象地说明了那十几年物理学一方面紊乱、一方面诞生革命性见解的情形。通过那十几年的努力,1925年由年轻的玻尔、海森堡和比他们稍微年长一点的薛定谔一起,提出了量子力学的概念,最后发展出来的量子力学,成为20世纪物理学的主旋律之一,直至今天,对物理学的发展仍然具有革命性的影响。

就是在这种知识"爆炸"、空前"动荡"的历史大背景下,卢鹤绂踏入了物理学的科学殿堂。

随着时局的变动,奉系势力弱化,卢景贵的仕途也黯淡下来。1933年,东三省交通委员会被南京政府铁道部撤销,卢景贵解职,自此以后,卢景贵没有再担任社会职务,虽曾有一段时间参与筹办云南铁路,但不久即返津,以读书、著书为乐。

卢景贵家在天津旧意租界的房子非常大,有前后两栋楼。刚刚解职的那几年,卢家靠积蓄还可以维持生活,但由于有6子3女,家口众多,卢景贵又不懂得做生意,全家就搬到了后楼,将前楼房屋均用于出租,以贴补家用。

"七七"事变后,由于卢景贵曾是奉系要员,因此他寓居天津自然引起了日本人的注意。为了表示自己疏离政治,卢景贵尽量减少对外交往,闭起门来读书写作,低调做寓公。

卢景贵的英文水平很高,同时又爱好广泛,他在美国学的是机械学,研究蒸汽机、火车头,这是他的看家本领;同时,他还对天文学、武术和历史等知识特别感兴趣,并在这些领域都有着重要的研究成果。寓居津门期间,卢景贵除从自己的专业角度出发,撰写《内燃机车学》外,又从兴趣出发,撰写了《高等天文学》、《占星学正传》、《武王伐纣之岁考》、《释迦牟尼生辰年岁考》、《卢氏汉字声韵之研究》等著作。1936年6月,天津百城书局出版了他翻译的英国人卜朗著的《月理初编》;1937年6月,中华书局出版了其80万字的著作《高等天文学》(上、下),这是中国第一部现代高等天文学专著,孙科题词,叶恭绰作序;1942年,又出版了《曹氏八卦掌谱》……由此可见卢景贵兴趣之广泛,著述之丰富。

最令人称奇的是,一个留美机械学士,居然喜欢上了八卦掌。原来,1938年,卢景贵机缘巧合,结识了八卦掌高手曹钟升,此公曾于1934年率门人参加山东省武术比赛获得最优,得到当时国民党山东省主席韩复榘的赏识。1936年,曹钟升应汤玉麟之邀到天津授艺,卢景贵等人拜其为师,习练起八卦掌。国术之妙,深奥无穷,越练越有心得的卢景贵,科学钻研的劲头发作起来,遂亲自执笔,经曹钟升口述,编写了《曹氏八卦掌谱》一书。书中内容详尽、朴实无华,既无光怪陆离之说,亦无虚无缥缈之语,以近半篇幅对"基本功夫"详加阐述,同时详细记述了曹传八路六十四式、三十二式对手等内容技法。《曹氏八卦掌谱》是一部真正意义上的武术专著,出版发行后,成为对后世产生深远影响的八卦掌三部专著之一。中国书店、天津古籍书店分别于1984年、1988年再度发行该书影印本。

1935年严冬时节,北平爆发了声势浩大的"一二·九"爱国学生抗日运动,学校自动停课,支援古北口抗日前线。卢鹤绂是"一二·九"学生运动的积极分子,他报名参加了护校纠察队,经常以纠察队员的身份骑着自行车护送学生游行队伍。有一次,他又骑着自行车护送学生游行请愿的队伍前进,队伍行至西直门、阜成门和复兴门时城门都紧闭,当局派出军警守护城门,不准学生游行队伍进城。这时候,卢鹤绂勇敢地和同学们一起搬起一根大树干,反复撞击城门,最后终于冲开了西便门,潮水般的学生队伍涌进了外城。卢鹤绂等护校纠察队员护送着学生游行队伍浩浩荡荡地向前进,当游行队伍行至和平门时,看见和平门也紧闭着。大队人马在总指挥的指引下,南下前往天桥集合,中途与冲过来挡堵学生游行队伍的军警大刀队相遇,军警队用水龙头、大刀阻止学生队伍去天桥集合。关键时刻,卢鹤绂奋不顾身,冲向前用自行车挡住军警,同学们也纷纷赶来支援,大家齐心协力,勇敢地与军警说理搏斗,免受了重大伤害。

卢鹤绂与同学们一直和军警大刀队搏斗,虽身体受了轻伤,但他仍不在乎,一直战斗至次日清晨,大家才决定返回学校。

卢鹤绂在北平燕京大学求学期间,学生会有国剧社(京剧)组织,以练习京剧为主,卢鹤绂是其中的积极分子。他经常利用课余时间参加彩排,并参加了国剧社组织的一些大型的公开演出。由卢鹤绂主演的《失街亭》、《琼林宴》等剧目,还见诸京都的各家报端。其时北平正是京剧鼎盛时期,谭富英、言菊朋等名家常在市内大剧院演出,卢鹤绂常于周末专门进城欣赏。壮年时期的谭富英,其嗓音之甜亮真是前不闻古人,后未见来者,且其唱腔醇厚、咬字清楚,白口做工皆臻完美。卢鹤绂每次到场观赏,必然有所收获。

第二章 "称原子重量的中国人"

1938年,中国的抗日战争打得异常惨烈,不屈不挠的中国人民奋起抵抗日本侵略军发动的侵华战争,全国人民前赴后继,与侵略军浴血奋战……而在大洋彼岸的美国,则是一派和气升平的景象。

这是一个阳光灿烂的日子,在美国明尼苏达州明尼阿波利斯城的明尼苏达大学礼堂里,济济一堂的人们目视着一个浓眉大眼、身材修长而英俊的小伙子疾步走上了讲台,他双目炯炯有神地环视了一下会场,然后很有礼貌地向台下深深地鞠了一躬,右手轻轻地扶了扶眼镜,便开始发表他著名的论文《热盐离子的质谱仪研究》,他铿锵有力的声音如洪钟般地在大厅内外回响,响彻了美国和世界的天空。论文发表完,台下的听众爆发出经久不息

卢鹤绂(左)燕京大学毕业照(1936年)

第二章 "称原子重量的中国人"

的热烈掌声……

这位黄皮肤黑眼睛的英俊青年学者，就是来自中国的留学生卢鹤绂，这是他在美国明尼苏达大学攻读硕士学位毕业时发表论文的场景……

时光返回到1936年9月，卢鹤绂在北平燕京大学以全优的成绩毕业。他所在的物理系主任班·威廉很赏识卢鹤绂在物理学方面展现出的才华，特地把他叫到办公室，很郑重地说："我有意推荐你去美国明尼苏达大学继续学习，你可以在那里攻读硕士和博士。你要好好学习，将来前途不可估量……"

"我立即回家将此事禀告父母，争取能早日赴美学习。"卢鹤绂在向班·威廉表示感谢之后，又说："我有个弟弟卢鹤绅，大学刚毕业，是否可以和我一起赴明尼苏达大学深造？"

"可以，我将同时推荐你们。"班·威廉作出了肯定的回答。

卢鹤绂立即从北平返回天津的家中，将与班·威廉谈话的内容禀告父母，征求二老的意见。

父亲卢景贵首先表态："好啊，你们愿意去美国深造，我是很同意的，只有学到知识，将来才能成为对国家有用的人才。我可以给你们提供足够的去美国求学的经费……"

母亲崔可言也同意兄弟两人同去美国求学，她说："你们兄弟两人一起去美国学习，互相有个照应，我也就放心了……"

临行前，崔可言亲自下厨，剁肉馅，包饺子，忙了整整一个下午。晚上，全家人围坐在一起，依依不舍地吃了一顿团圆饭。

第二天，天刚蒙蒙亮，卢景贵亲自驾车送卢鹤绂和卢鹤绅抵达天津港，兄弟两人携手登上了去上海的轮船。卢鹤绂和卢鹤绅站到船头，向送行的父亲卢景贵挥手，卢鹤绂喊道："父亲，您回去吧！我们会照顾好自己，好好学习，争取早日学成回国，报效国家……"

卢鹤绂和二弟在海上漂泊了一天一夜，第二天抵达上海，然后转乘

"格兰特总统号"火轮,在大海上航行了数天,在一天的黎明时分抵达美国西雅图。上岸后,兄弟两人又赶到火车站,乘火车到达明尼苏达州最大的城市明尼阿波利斯城,卢鹤绂从地图上找到了明尼苏达大学的校址,兄弟两人很顺利地来到明尼苏达大学的大门前。这所大学的建筑很特别,大堂前有十根洁白别致的大柱子,雄伟优美。这让兄弟两人心情舒畅,旅途的劳累全都忘得一干二净。

卢鹤绂首先把卢鹤绅送到航空工程系报到,待一切手续办理完毕,又对二弟嘱咐道:"你在这里要好好学习,有什么事,就到研究生院找我……"随后,他自己才到研究生院部报到。

卢鹤绂主修的课程是物理,辅修课程是数学。《物理评论》主编、《近代物理评论》创刊人泰特是卢鹤绂理论物理的导师,泰特教授讲课条理清楚,很善于用启发式教学,这对后来卢鹤绂回国的教学风格产生了巨大的影响;系主任俄瑞克森和青年教授维廉斯负责教授卢鹤绂原子物理实验;教力学的教授是希尔和巴丁。

卢鹤绂在明尼苏达大学与全班同学合影(3排右4,1940年)

第二章 "称原子重量的中国人" 21

卢鹤绂除了在研究生院读硕士学位外,还受聘为文理艺学院物理系助教。助教的职责是负责普通物理实验工作,每到上课的时间,卢鹤绂先把这堂课的目的、内容和要求向学生们交代清楚,然后由他指导学生们做实验。学生在实验结束后,要将最后所得到的实验数据交给卢鹤绂过目签字;上交给校方的实验报告也均由卢鹤绂批阅打分。卢鹤绂所教的学生有数百人之多。

其时,卢鹤绂到明尼苏达大学研究生院所学习的原子物理学,正是美国乃至全世界科学研究的热门课题。卢鹤绂也对这个课题非常有兴趣,因此他决定以此作为自己的研究方向,先攻读硕士,取得硕士学位后,再攻读博士。当时泰特教授正在研究质谱仪在分子物理上的应用,卢鹤绂便来到泰特的办公室,站到教授面前说:"泰特教授,我想请您作为我的导师,在原子物理上做些研究……"

卢鹤绂在明尼苏达大学学习时的留影

泰特教授将卢鹤绂上下打量一番,从心里喜欢这个英俊好学的东方小伙子,便简单地询问了一些关于原子物理方面的问题,卢鹤绂对答如流。泰特教授说:"你这个来自贫弱中国的小伙子,能对原子物理学有如此的见解,让我很满意。"

卢鹤绂见泰特教授愉快地答应做他的导师,连忙高兴地道谢。这时候,泰特教授随手从书架上拿起一本名为《同位素》的书,说:"你回去先把它读一遍,自行选择研究课题,然后报告给我。"卢鹤绂双手接过这本书,仔细一看,原来是诺贝尔获奖者阿斯顿的著作,心中自然高兴,便对泰特教授说:"谢谢教授,我一定用心地读完这本书,选择好自己的研究课题。"

卢鹤绂回到宿舍，便不分昼夜地静下心来仔细阅读这本《同位素》。他视此书为珍宝，反复地看了好几遍，发现关于锂7、锂6同位素的丰度比究竟为何值，前人并没有解决，不少名家教授测量的结果相差极大，其范围在8到14之间。卢鹤绂发现这个问题后，便下定决心彻底解决这一难题。他找准了自己的研究方向，又来到了泰特的办公室，详细地汇报了自己的计划与打算。

"好，我支持你！"泰特教授态度坚定地支持卢鹤绂的想法，他十分赞赏地说："你敢于向世界名家提出批评意见，发起挑战，这好极了！""谢谢教授的支持！"卢鹤绂没有想到泰特教授这么快就批准了他的研究课题。泰特教授站起来，拍拍卢鹤绂的肩膀，说："年轻人，动手干起来吧，大胆去试，去闯！"

卢鹤绂因自己的想法顺利地得到了导师泰特的赞许并获得批准，受到了极大的鼓舞，他放手大胆地干了起来，就像是一匹驰骋在原子物理学领域的骏马，飞快地向尖端领域奔驰而去。

所谓同位素丰度（isotopic abundance），又称为同位素相对丰度，是指自然界中存在的某一元素的各种同位素的相对含量（以原子百分计）。比如说，元素甲的同位素甲1、甲2，在自然界中存在的相对含量分别是80%和20%，则甲1、甲2的丰度比即为4。

当时在世界上，测量锂元素天然存在的同位素丰度有两种方法，一是质谱法，一是光谱法。卢鹤绂对这两种方法进行了比较研究，发现用质谱法直接而又准确，而且对质谱法的研究又是明尼苏达大学"高人一筹"的技术，近水楼台先得月，因此，卢鹤绂决定采用质谱法测量锂元素天然同位素丰度。

接下来，卢鹤绂便到商店购买质谱仪。但是，他几乎跑遍了整个城市的大小商店，累得满头大汗，也没有找到所要的仪器。原来，当时质谱学尚在创始阶段，市场上根本没有他所需要的现成的质谱仪。设备无法买到,怎么办?心灵手巧的卢鹤绂当即决定,自己动手,自行设计,自己制造。

卢鹤绂是明尼苏达大学的助教兼研究生,有储备室的钥匙,可以随意选用储备室所存有的电器元件、原材料,这就给他自己制造设备提供了很大的方便条件。卢鹤绂开始自己设计并动手制造质谱仪。因为质谱仪的主体是一个大真空管,卢鹤绂便从学习口吹玻璃开始,学做吹制真空玻璃管,结果一试,嘿,竟然成功了!

卢鹤绂前后一共花费了 10 多天的时间,一台高标准的聚焦型 180 度质谱仪就成功地制造出来了。经过测试,完全符合实验要求。

一切准备就绪,正式实验便开始了。卢鹤绂的实验室,是在校园临街处的第 77 号房间,房间是半地下式的,窗口紧临大街。对于年轻的卢鹤绂来说,操作这台自己制造的质谱仪并不容易,光稳定仪器的性质他就花去了好几天的时间。

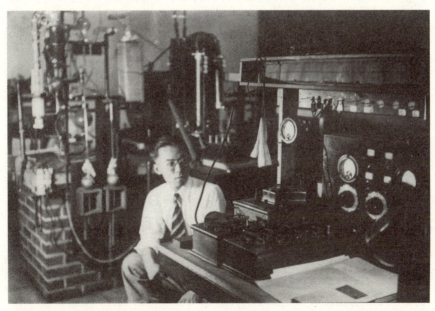

卢鹤绂在明尼苏达大学实验室

卢鹤绂在实验时所采用的离子源,是在带状薄钛片上电焊小白金盘,他将含锂矿石的粉末放置在盘上,用电流通过钛片加热,使锂矿石粉末释放锂离子。这种方法当时被认为是最有效的,其具体操作步骤见于诸多教科书中。对此,卢鹤绂却持怀疑态度。

为了获得准确的数值,卢鹤绂在1937年的整整一年时间里,几乎是一直趴在第77号房间内,反复地操作着那台自己制造的质谱仪。有相当长一段时间,他整天整夜地守候在实验室的设备旁,甚至连吃饭都舍不得离开,饿了就啃几口面包、饼干充饥;累了,就趴在桌子上歇一歇;困了,他也只是趴在设备旁打个盹。由于实验室外面是繁华的大街,每当电车驶过,行驶中迸发出巨大的火花,会影响测定的准确性,所以,那些日子,不分昼夜,他都不离开设备,随时注意加速离子的稳定。

卢鹤绂反复试用了多种含锂的矿石,经过许多次试验,几经周折,他终于发现,磷矾石释放锂离子的效果比锂矿石好几百倍,温度不必升得很高就能释放出来,因而热源烧坏的可能性就小得多,这样,热源的寿命就延长了。他用质谱仪分别测量锂7、锂6离子释放量,发现比值在不同时刻不尽相同,轻者较早出来,重者较后出来,为此,他兴奋异常,终于发现了热盐离子发射的同位素效应。这期间,卢鹤绂还发明了时间积分法,根据总释放量的比值,准确无误地测定出锂7、锂6的天然丰度比为12.29(即锂7占92.48%,锂6占7.52%)。这一测定结果,否定了前人名家的一系列工作。卢鹤绂立即把这一测定结果向泰特教授作了报告,泰特教授认真听完报告之后,又仔细查看了他的实验,十分惊喜地说:"你的实验和测定的结果是准确的。"

卢鹤绂在世界上首次准确测定了锂7、锂6的丰度比,消息报到明尼苏达大学物理系主任爱尔·瑞克逊那里,他高兴得不得了,立即叫上记者,来到第77号实验室,握住卢鹤绂的手,夸奖说:"了不起,中国人在称原子的重量!"

在场的《明尼阿波利斯日报》记者立即拍摄下了这一宝贵的镜头,并以"中国人在称原子的重量"这句赞美的话为题,刊登在第二天的报纸上。

卢鹤绂成功准确地测定了锂7、锂6的丰度比,这是一个非常了不起的成果,立即在世界上引起了巨大轰动,各国媒体纷纷发表消息和评论,称卢鹤绂是"称原子重量的中国人",非常了不起。

卢鹤绂的这一重要研究成果——《锂离子的低温热源》,首先发表在1938年美国权威的《物理评论》学报上,学报详细介绍了他研究热盐离子发射同位素效应的成果,公布了他测定的锂7、锂6的天然丰度比值。由于这一成就,卢鹤绂于1939年获得了理学科学硕士学位。

在明尼苏达大学求学(1939年)

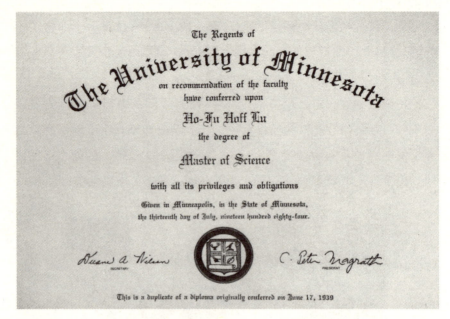

卢鹤绂明尼苏达大学硕士学位证书

卢鹤绂本人当时并不知道,这项研究成果在国际物理学界的影响有多大。锂7锂6的丰度比是研制氢弹所需的一个关键数据。他测定的数据被选为国际同位素表上的准确值,后来一直被采用达50多年之久,一直到1990年,美国核数据表上还引用他的测定数据。直到今日,还是认为卢鹤绂当年测定的数据值最为准确。

1942年,阿斯顿在其新书《质谱和同位素》第124页上介绍并选用了卢鹤绂的数值。

1953年,诺贝尔获奖得者雪格瑞主编的《实验核物理》第一卷第644页上认为,卢鹤绂首先发现了热盐离子发射的同位素效应。

1958年,英国剑桥大学沃尔士所著《质谱学》第89页上介绍了卢鹤绂的时间积分法,并评价说这项成果来之不易。

1959年,瓦尔庄主编的《质谱法进展》一书第620页上,也引用了卢鹤绂的研究成果。

1960年,加拿大学者贝能在其《质谱学及其在有机化学上的应用》一书第62页上同样重点介绍了卢鹤绂的这项重要发现。

世界核物理界对卢鹤绂的科研成就给予了充分肯定和高度评价。业内普遍认为,卢鹤绂在1939年发表的重要论文《热盐离子的质谱仪研究》和实验的成功,是一个伟大的创举。

第三章 "揭开原子弹秘密的第一人"

1939年,卢鹤绂在美国明尼苏达大学研究生院获得理学科学硕士学位后,在该学院随之进行博士论文的研究工作。当时正值铀235核裂变的发现震惊全世界物理学界之际,用特大的质谱仪长时间积累出足够数量的铀235,用以制造原子弹,是当时面临的最大难题。卢鹤绂迎难而上,选定了这一世界级难题,作为他的研究方向。

这时候,卢鹤绂被选定去试制一台特大型的高强度质谱仪,尼尔教授和郎包教授作为他的导师。经过多次反复琢磨,卢鹤绂大胆地提出了扇状磁场对入射带电粒子有聚焦作用的普适原理,并据此亲自动手设计制造出一台新型60度聚焦的高强度质谱仪。卢鹤绂不分昼夜地在他的第77号实验室内,反复进行实验。

不知经过了多少个日日夜夜,突然有一天,卢鹤绂眼前一亮,清晰的研究思路使他心里豁然开朗,他一拍桌子,大声喝道:"好极了!终于成功了!"

卢鹤绂怀着喜悦的心情走出了第77号实验室,外面的世界光亮耀眼,他不知道自己在实验室中已经呆了多少个日日夜夜,现在突然从实验室走出来,天空晴朗,阳光明媚,他的心情十分愉悦。

这时候,二弟卢鹤绅正巧过来找他,说:"大哥,我已经从航空工程系毕业了,拿到了航空工程硕士的学位……"

"好,太好了!祝贺你!"卢鹤绂十分高兴,他拍着卢鹤绅的肩膀,又夸奖说,"二弟你学得不错!"

"谢谢大哥!"卢鹤绅很少能听到大哥的夸奖,所以心里也很高兴。

"咱们兄弟,你谢什么呢?"卢鹤绂拉住卢鹤绅的手,又关切地问:"你拿到硕士学位后,对今后有什么打算?"

"我不想再读学位了。"卢鹤绅抬起头,望着大哥,说道:"纽约有一家公司愿意聘请我去工作,我打算先去看一看。"

"可以,大哥支持你。咱们兄弟好久没有在一起聚一聚了,走,咱们一起出去打打牙祭。"说着,卢鹤绂便牵着二弟的手,一起走出了校园。

兄弟两人来到了一家中式小餐馆,点了简单的饭菜,边吃边谈,说起学业和未来就没完没了。这次聚餐,兄弟两人吃得聊得均十分尽兴。

第二天,卢鹤绂亲自送二弟卢鹤绅去纽约市工作。

送走二弟后,卢鹤绂又来到了第 77 号实验室内。他内心清楚,自己已经获得了巨大的成功,但为了慎重,他又趴在实验室里研究在低压下氢气及三氟化硼的紧缩式弧放电,并沿轴方向提出离子,从而成功地发现了硼离子的强源……接着,卢鹤绂伏案不分昼夜地奋笔疾书,撰写出《在氢和三氟化硼的低气压紧缩放电中离子的纵向提出》,这篇论文于 1940 年发表在美国的《物理评论》。

1940 年 4 月 18 日,宋美龄、宋霭龄、宋庆龄在重庆广播电台发表演讲,通过美国全国广播公司(NBC)向美国全国转播,感谢美国人民对中国人民抗战的同情和支持,呼吁美国人民继续支援中国人民的反侵略战争。为了响应宋氏三姐妹的演讲,在美华侨、留学生等积极发起了"抗日捐款义演"。压轴戏是卢鹤绂和留学生郭女士合演的《四郎探母》"坐宫"一折,演出行头全部从芝加哥借来,卢鹤绅司琴伴奏。观看演出的除了大学师生、华侨、美国市民,还有明尼阿波利斯城知名的音乐家、戏剧家等。演出结束后,观众踊跃捐款,场面热烈感人。

一天,卢鹤绂漫步走出校园门口时,碰到了同校化学系的学友潘友斋,两人见面,十分亲切地互相打招呼,寒暄一番之后,潘友斋很坚定地说:"我准备回到祖国教书去。"

"你的想法很好啊!我们来美国读书,就是准备学成后回到家乡,以报效祖国啊!"卢鹤绂十分欣赏并支持潘友斋回国的行为。

"老同学,你毕业后有什么打算啊?"潘友斋问了一句。

"我当然和你一样,也是要回到祖国的!"卢鹤绂态度明朗而坚定地回答。

"好!真是太好了!我回去以后,一定将你的情况向有关方面作介绍。"潘友斋说。

"可以,我等着你的消息。"卢鹤绂回答。

潘友斋回到祖国后,即将卢鹤绂的情况介绍给国立中山大学。中山大学校长张云的眼睛一亮,立即表态说:"这是一个难得的人才,我们中山大学愿破格直接聘他作教授,请他来这里教书育人……"

"好!我立即给卢鹤绂去信,将这个消息告诉他。"潘友斋说。

"我现在就签下聘书,你一并寄去吧。"张云校长当即签了教授聘书,递给潘友斋。

卢鹤绂收到了由潘友斋寄来的教授聘书后,当即回信,表示不久就会取得博士学位,随后愿回国到中山大学任教。

在卢鹤绂撰写博士毕业论文期间,有一次,他应邀参加了在明尼苏达州的华人聚会。在他刚步入宴会厅时,迎面走来一位亭亭玉立的姑娘,她步履轻盈而文雅,面庞美好而和善,浑身上下那种高贵的气质,自然而然地流露在举手投足之间。姑娘那种夺人的气质,立即引起了卢鹤绂的注意,不由自主地向姑娘投去倾慕的目光。

那位落落大方的姑娘,似乎对卢鹤绂也有好感,她在他面前含蓄柔和地一笑,轻盈盈的声音美丽而动听:"你好。"

卢鹤绂也颇有礼貌地点点头,说:"你好。"

在姑娘离去的一刹那,卢鹤绂又情不自禁地抬头看了一眼。正在这时,卢鹤绂的好友邱少陵大夫走了过来,他伸出手向前握住卢鹤绂的手,说:"鹤绂,多日不见,近来可好?"

"我很好。"卢鹤绂一边与邱少陵握手,一边热情地说,"我近来一直忙于学业,昼夜赶写毕业论文,也没有时间去看你。"

"毕业论文写好了吗?"

"差不多了。"

"毕业后有什么打算?"

"准备回到祖国,去中山大学教书育人。"

"噢,很好!"邱少陵接着又说:"你要毕业了,也该成个家了。你对刚才的那位姑娘印象如何?"

"那位姑娘看上去既文静又和善,但不知她是做什么的。"卢鹤绂似乎若有所思,双目注视远方,轻声地回答。

"她叫吴润辉,来自安徽桐城,家境不错,现在美国拉柴斯特梅友诊断院的圣玛丽医院进修,学的是护士专业,她是一个品学兼优美丽贤惠的姑娘。"说到这里,邱少陵看了卢鹤绂一眼,他从卢鹤绂的眼神中似乎发现了什么,便又继续说,"我看你们两人郎才女貌,人品皆十分出众,是天造地设的一双,我有意给你们牵线搭桥,让你们认识一下,不知意下如何?"

"那就多谢你了!"卢鹤绂心中很是兴奋。

在邱少陵的精心安排下,卢鹤绂与吴润辉在一个雅致的小咖啡屋见面了。那天卢鹤绂穿了一套蓝色的西装,洁净整齐,早早地到了会面的小房间。几乎是在同一时刻,吴润辉在一个好姐妹的陪同下也来到了小房间。在吴润辉推门而进的那一刻,卢鹤绂很有礼貌地站了起来,抬头与吴润辉的目光碰到了一起,两人的眼前都是一亮。

"你好。"卢鹤绂颇有风度地伸出手与吴润辉轻轻地握了一下,两人的目光再次交汇到一起,立即迸发出爱情的火花。

在那间雅致的小咖啡屋里,卢鹤绂和吴润辉十分投缘地交谈起来。

郎才女貌

吴润辉那红扑扑的面颊,灵活美丽的大眼睛,小巧而微挺的鼻梁,红艳艳的嘴唇发出十分悦耳动听的声音,浑身散发出一种知识女性的魅力,深深地吸引着卢鹤绂。他感觉面前的她洁净如涓涓溪流,单纯如天际白云,清丽美貌十分可人,这就是他所喜欢的女神,就是他愿与之终生相伴的人……

卢鹤绂英俊的面容,刚毅的眼神,丰富的学识,不凡的谈吐,也深深地打动了吴润辉的芳心。她感到这是上天的恩赐,有幸遇到一位这样优秀的中华俊男,她从心里感觉到面前的这位英俊青年就是她希望终生依靠的人。

两人似乎都感觉到他们就像古老神话传说的那样,在茫茫的人世间,总有一个人是冲着他才做女人的;而他来到这个世界,也是冲着她而降生的。这就是人们常说的缘分了。他们似乎是在前世有约,今生来到这个世界,结一段人间的奇缘。

这次终生难忘的会面,使两人的心里都充满了喜悦和幸福之情,彼此都有一种相见恨晚的感觉,两人在一起总有说不完的话,越谈关系越密切。

在那些爱情似火的日子里,无论是吴润辉所在的圣玛丽医院,还是卢鹤绂所在的明尼苏达大学的研究生院,还有明尼阿波利斯城的草坪旁,都留下了他俩相伴的身影。

他们在温馨浪漫的气氛之下,欣喜地相互允诺一生一世,携手迈向铺着红毯的婚姻殿堂,开始一生一世的牵挂和依偎,幸福与劳累,共同面对那不可预测的风风雨雨,谱写了人世间永远也说不完的美丽……

第三章 "揭开原子弹秘密的第一人"

1941年,卢鹤绂在获得甜蜜爱情的同时,他利用自己制造的那台大型高强度质谱仪,成功地分离出微克量级的硼10及硼11,积淀成硼10及硼11同位素靶多个,用以核实其各自的原子核反应,从而在如何解决制造原子弹所需的铀235的难题上,取得了令人瞩目的重大突破。他凭借论文《新型高强度质谱仪及在分离硼同位素上的应用》,一举获得了博士学位。卢鹤绂的这一突出研究成果,不仅为明尼苏达大学所珍重,而且引起美国原子能部的高度重视,卢鹤绂的论文被视作涉及制造第一批原子弹与原子核反应堆的绝密材料,遭到美国当局特别是军事部门的封杀。直到1950年,这一博士论文的全部提要才在美国原子能委员会刊物《核科学文摘》的第279页上刊发。

获明尼苏达大学博士学位留影(1941年)

博士学位证书

1942年4月,回国不久的卢鹤绂利用教学的空隙撰写了《重原子核内之潜能及其利用》的长篇总结性论文,预言了大规模利用原子能的可能性,旨在向国人介绍发现重核裂变的概况及其展望,告知国人一公斤铀235全部裂变所产生的原子能,相当于2 500吨优质煤燃烧释放出来的能量。他将这一论文寄往重庆中国科学社《科学》杂志,1944年2月,该杂志将其作为专著发表在恢复出版的第27卷第2期第9至21页上。因此,卢鹤绂被称为世界上"第一个揭开原子能量秘密的人"、"揭开原子弹秘密的第一人"。

由于在物理学研究上做出的突出成就,1941年,卢鹤绂被吸收为美国希格玛赛(Sigma Xi)科学研究会成员;之前,他于1937年成为美国物理学会会员。

第四章 冲破重重阻力回到祖国

卢鹤绂取得博士学位的当天,即把这一喜讯告诉了热恋之中的吴润辉。两人经过商议,决定先到明尼苏达市政厅进行结婚登记,然后举行结婚典礼。

明尼苏达市政厅的结婚登记表(1941年)

1941年8月24日,卢鹤绂和吴润辉的结婚仪式在明尼苏达州明尼阿波利斯城的美以美会教堂隆重举行。教堂的资深牧师主持了结婚仪式,好友兼同学蒋彦士为证婚人(蒋日后曾任台湾"总统府"秘书长),介绍人邱少陵到场讲话祝贺。卢鹤绂和吴润辉的亲朋好友以及许多美国朋友出席了婚礼,严恩枢、陈善铭等同学到场祝贺。婚礼虽然简朴,但是也很隆重,整个教堂洋溢着甜蜜和幸福的气氛。

1941年8月24日,卢鹤绂与吴润辉在美国喜结连理

卢鹤绂、吴润辉夫妇婚礼后与友人合影(1941年)

第四章　冲破重重阻力回到祖国　37

结婚宴会
（1941年）

卢鹤绂和吴润辉结婚的消息在明尼阿波利斯城引起了相当的关注,当地的报纸还专门发了消息,并刊登了卢鹤绂和吴润辉的结婚照片。

在婚宴上,卢鹤绂向亲朋好友们宣布了他们即将返回祖国的决定,立即遭到了大家的一致反对。

一位美国朋友拉住卢鹤绂的手,劝说道:"卢先生,你是世界物理学界顶尖级的人物,你在核物理研究方面已经取得了重大突破,你在这种情况下放弃在美国的研究,真是太可惜了……"

"我在这方面的研究成绩再大,若不能为我的祖国所用,对于我来说也是没有意义的……"卢鹤绂十分坚定地回答。

卢鹤绂的力学导师巴丁教授也曾挽留卢鹤绂,他认为,卢鹤绂参与研究的课题很重要,将来的前途不可估量,他对卢鹤绂放弃在美国的美好前程十分惋惜。

二弟卢鹤绅也力劝大哥留在美国工作,并继续科学研究。明尼苏达大学的同事以及圣玛丽医院的华人朋友多次奉劝卢鹤绂加入美国籍,挽留卢鹤绂夫妇留居美国。但是卢鹤绂决心已定。

新婚之夜,卢鹤绂坚定地对吴润辉说:"回祖国去,我们要回到战乱中的祖国,把毕生所学贡献给我们的祖国……"

吴润辉非常支持丈夫回到祖国,她说:"我明白你的想法,支持你的决定,你走到哪里,我就跟随你到哪里,无论是天涯海角,还是受苦受难,我都陪伴着你……"

日本侵华战争爆发后,夫妇两人每天都从报纸上看到日本侵略者大举进犯祖国、残杀蹂躏骨肉同胞的消息,这使得他们常常食不甘味,寝不安席,每每相依夜语,谈到祖国同胞遭受的浩劫,夫妇两人常常相对而泣,痛哭失声。

当时,卢鹤绂和吴润辉在美国都有一份令人羡慕的工作,卢鹤绂在美国明尼苏达大学已当助教多年,获得博士学位后用不了多久就会升为教授,而且卢鹤绂还在参与一个重要课题的研究……同时,在美国还

第四章　冲破重重阻力回到祖国

有许多大学愿意聘请卢鹤绂前去工作,他如果选择留在美国,前途是很辉煌的。吴润辉在圣玛丽医院也有一份很不错的工作。夫妇两人有小轿车一辆,还有一笔十分可观的积蓄。在常人看来,要舍弃这么优越的工作生活条件和美好的前程,返回苦难深重、战火纷飞的中国,实在不是一件明智的事。但是,优越的工作环境和舒适的生活条件,以及辉煌美好的个人前程,都动摇不了卢鹤绂和吴润辉回到祖国的决心。

在新婚的第三天,即 1941 年 8 月 26 日,两人一起离开了居住长达 5 年之久的明尼苏达州,于当月 29 日早晨抵达旧金山市。

9 月 3 日,卢鹤绂携吴润辉搭上了从美国驶往欧亚的最后一艘"克利普方顿号"荷兰客货轮船,离开了美国。抵达马尼拉后又转乘另一艘荷兰船"姐妹郎卡号",一路乘风破浪,驶向日夜魂牵梦绕的祖国。

夫妇两人在茫茫的大海上颠簸漂泊了一月有余。卢鹤绂在归国前曾给居住在天津的父母写信:"我要回国,与国民共患难,报效祖国。"但当时天津已沦陷于日本侵略军手中,他们是有家不能归,无法去天津探望双亲。夫妇两人的心里无比难受,只好取道香港。

10 月 5 日,卢鹤绂和吴润辉抵达香港。在朋友处住了一段时间后,终于买到了飞往广东南雄的机票。

在机场购机票时,卢鹤绂巧遇刚从德国归来的胡世华、夏好仁夫妇,大家在国难当头的时刻从国外归来相

在寓所前(1941 年)

遇，互相热烈拥抱，诉说各自在国外的情况。到宾馆后，卢胡两人又彻夜长谈，彼此结为好友，建立了深厚的友谊。

当时规定，乘飞机时每人只能带20公斤的行李，这可难坏了卢鹤绂。因为他千方百计从美国带回的宝贵的书籍资料就不止20公斤，这可怎么办？他灵机一动，找出一件大衣，让夫人吴润辉在内衬缝上一排排插袋，把一大箱子书全部插在了插袋里。穿起来一看，原本瘦削的卢鹤绂一下子成了个臃肿的"大胖子"，夫妻俩相对大笑。

在过海关检查时，海关人员可就奇怪了：10月底的香港，还冷不到穿大衣的份上，更何况这大衣触感硬邦邦的，好似"铠甲"一般。他们让卢鹤绂解开大衣，看清是密密麻麻的插袋和书籍，不禁愕然。问清原委后，海关人员对这位留美博士不"走私黄金珠宝紧俏物资"却"走私科学资料"肃然起敬，破例放行，卢鹤绂夫妇得以顺利过关。

10月31日，卢鹤绂夫妇与胡世华夫妇结伴同乘一架飞机抵达广东南雄，因为卢鹤绂持有广东中山大学教授的聘书，这次海关对他很客气，并未检查即顺利通关。次日清晨，卢鹤绂夫妇辞别了胡世华夫妇，转乘交通车西行到曲江，再改乘火车继续北行。

11月2日，卢鹤绂和吴润辉经过长途颠簸，终于在傍晚时分到达了中山大学所在地——广东最北端的重镇坪石。

当天晚上，中山大学校长张云专门设宴，为卢鹤绂和吴润辉夫妇洗尘，张云先把卢鹤绂夫妇让到上座，然后一一给大家斟满了酒，端起酒杯，说："在中国的抗日战争到了最艰难的时刻，在国难当头之际，卢鹤绂教授能放弃在美国优越的工作条件和舒适的生活条件，回到战乱中的祖国，这是十分难能可贵的。我们中山大学非常敬佩卢鹤绂教授这种爱国精神，热烈欢迎你来中山大学工作……"

说完，张云校长一一和卢鹤绂及吴润辉碰杯，在座的人一齐举杯，一起致礼。

在宴会上,张云校长还特别介绍了中山大学在战火纷飞的环境下不得不从广州搬到坪石乡下的困难局面。卢鹤绂当即表示,无论条件多么艰苦,只要能为国家教书育人,培养人才,他都十分高兴,一定尽职尽责……

宴会结束后,著名化学家、中山大学理学院院长康辛元亲自引路,带领卢鹤绂和吴润辉夫妇步行,穿过一条小河,来到了理学院所在地塘口村,走进了一家破烂不堪的农舍。康辛元1920年就读于美国伊利诺伊大学化学系,是卢鹤绂之父卢景贵的校友,他对卢鹤绂夫妇说:"在战乱的时刻,这里又是农村,条件无法与国外比,生活是异常的艰难困苦,不知你们能否适应这里的环境……"

卢鹤绂微笑着回答:"院长不必客气,再艰苦的条件也难不倒我们,我们会逐步地适应这样的环境和条件的。"

卢鹤绂在广东坪石中山大学任教的校本部

这是一家破落的小地主家的农舍，一间西厢房，久已无人居住，屋角挂满了蜘蛛网，四壁也布满了灰尘。卢鹤绂放下行李，便和妻子一起清扫房间，先将室内清扫干净，又将室外收拾得井井有条，很快，里里外外干干净净，空气焕然一新。

卢鹤绂和吴润辉又把行李铺好，把所带回的书籍放置停当后，便坐下来休息。这时候，住在小屋隔壁的系主任方嗣棉走了过来，大家互相问候过之后，方嗣棉看到室内陈设十分简陋，便对卢鹤绂说："这里条件很差，生活十分艰苦，你们是从天堂坠入地狱了！"

卢鹤绂随口引用了曹植的两句诗应答道："闲居非吾志，甘心赴国忧。"

方嗣棉又对吴润辉说："在战争时期，这里实在艰苦，辛苦你了……"

吴润辉微笑着回答："现在终于回到了祖国，生活再难再苦，心里也是甜的。"

面对艰辛的生活，卢鹤绂精神上很乐观。夫人吴润辉既开朗又能干，她粗衣素装，挽起袖子，承担了家庭生活的重任。每天清晨，她过河到镇上购米买菜，买些必要的生活用品，回来后洗衣做饭，整日忙得不亦乐乎。

卢鹤绂每天教书归来，也放下书本，挽起袖子动手劈柴，嘴里还哼着京剧和抗日的歌曲，十分惬意。

等卢鹤绂劈完了柴，吴润辉的饭也做好了，夫妻两人便在小桌前一起用餐，虽然是粗茶淡饭，却吃得格外香甜。

晚上，卢鹤绂在灯芯草点的油灯下备课，吴润辉做完家务就在一旁陪丈夫备课。在抗战时期，虽然生活这样清贫单调，但夫妻两人却皆不以为苦，家中充满了欢乐之情。

卢鹤绂所住的塘口村的农民，大部分是南宋时期从北方逃难来的客家人后代，颇有古风，女人种田，男人在家带孩子、读书。村庄在山下的小河边，农民种的主要是棉田。村里有几座进士牌坊，古代出过几位进士。有一天，卢鹤绂教书归来，看到一些乡民高抬马援及其随从的偶像，鸣锣击鼓绕山游行，询问之下得知，是先祖传下来的风俗，名曰"出巡"。塘口村有一种四脚蛇,卢鹤绂陪吴润辉去河边洗衣服时经常看到,开始的时候,吴润辉有些惧怕,慢慢见得多了,习以为常,也就不怕了。卢鹤绂去教书的路上,经常看到田边的蜈蚣,长有尺许,爬起来的样子很是吓人。

中山大学理学院物理系就设在一座供奉马援的古庙中,卢鹤绂每日到这里给四年级的六名男女学生讲授"理论物理"、"核物理"、"量子力学"、"近代物理"等课程。卢鹤绂主要用英语授课,受到了学生们的热烈欢迎。

1942年暑假期间,吴润辉产期将至,而坪石镇没有西式医院,夫妇两人一时不知如何是好。这时候正好胡世华、夏好仁夫妇来访,便对卢鹤绂说:"我有一个朋友在湖南耒阳湘雅医院,不妨到耒阳去,那里的条件应该好一些。"

卢鹤绂看了夫人一眼,询问道:"去耒阳好不好?"

"行。"吴润辉温顺地望着丈夫,点头表示同意。

卢鹤绂决定立即起程,在胡世华、夏好仁夫妇的陪同下,他们于当天就乘火车赶到了湖南耒阳。下了火车,刚出站门,正好过来一个行人,卢鹤绂向前问道:"先生,湘雅医院在什么地方?"

那个行人将卢鹤绂等人上下打量一番,说:"湘雅医院离这里很远,你们走着去不行,我帮你们雇一辆人力车吧。"

"太感谢了。"卢鹤绂知道遇上了好心人。一会儿,那位行人便找来一辆人力车,卢鹤绂把夫人扶上车,自己则跟在人力车后边用力推车,努力加快行进速度。

人力车将吴润辉送到南门外的湘雅医院门前,卢鹤绂将夫人接下车,胡世华、夏好仁夫妇也立即上前帮忙,大家一起搀扶着吴润辉进了医院的产房。

1942年7月9日,吴润辉在湘雅医院顺利地生下一个男婴,卢鹤绂听到了婴儿的第一声啼哭,心里非常高兴,他先上前安慰了夫人几句,然后说："这孩子是在耒阳生的,乳名就叫耒儿吧。"吴润辉点头称好。后来,耒儿取学名为卢永强。

卢鹤绂夫妇和长子卢永强(1943年,广西)

吴润辉顺利地生下大儿子后,胡世华的夫人夏好仁主动承担了陪同照料吴润辉的重任。卢鹤绂和挚友胡世华住到城内的一家旅社内,每日步行到医院探望吴润辉母子。卢鹤绂在耒阳住了一个多月,胡世华、夏好仁夫妇也在耒阳陪同照料了一个多月。

一个月后,卢鹤绂携妻儿返回中山大学时,学校正在闹换校长的风潮,不久,中山大学校长换为许崇清。

新任中山大学理学院院长何健是地质学家,他找到卢鹤绂说:"我知道你在明尼苏达大学曾跟着巴丁教授学习过地球物理探油术的课程,现在学院正缺乏这方面的师资,你能否为地质系四年级学生讲授这一课程?"

卢鹤绂明白,要开一门新课,光备课就要花费很多时间,但他还是愿意多承担一些课程,便答应了何健院长的要求,说:"我可以试一试。"

第四章　冲破重重阻力回到祖国

接受任务后，卢鹤绂连夜翻资料备课，不久就登台讲课。他整整为地质系四年级数十名学生讲授了一个学期的课程。学员们普遍反映，卢教授讲课条理清楚、通俗易懂，并善于用启发式教学，大家很愿意听他的课。

年底考核时，卢鹤绂所教的学员成绩达到优等水平，理学院专门在坪石镇一家餐馆设宴，以表达对卢鹤绂的感谢之意。许多学员闻讯后，也专门赶来，向卢教授敬酒，以表示对恩师的感谢。

卢鹤绂在坪石镇的教学生活尽管异常艰苦，但是他一时一刻也没有离开他喜爱的课堂。他居住的那间小小的西厢房里，没有电灯，屋外到处是积水，白天苍蝇成群，晚上蚊子结队，环境十分恶劣。在这种极端艰难困苦的环境中，卢鹤绂一家又遇到了意想不到的灾难。这年秋天，刚刚出生几个月的幼子生了一身热疮，而不巧的是吴润辉又染上了恶性疟疾，更为糟糕的是卢鹤绂本人也生了病。

那天，卢鹤绂挣扎着从床上爬起来，一手抱着孩子，一手搀扶着妻子，一步一步、艰难地来到离家较远的一个小诊所里看病。医生诊断后开了一些药，卢鹤绂又坚持抱着孩子走回住所。不料，走到半路上，吴润辉突然晕倒在一条小溪沟的旁边。卢鹤绂见状，喊了一声："润辉，你怎么了？"赶紧放下孩子，大步上前，想扶起昏倒在地的妻子。谁知，刚刚弯下身子，两眼一阵发黑，自己也昏倒在地上，不省人事。仅有几个月大的孩子爬到母亲的身边，拼命地哭喊起来。孩子的哭声惊动了附近的学生，他们赶来将一家三口送回住所。

在吴润辉生病的那段艰难的日子，卢鹤绂开始承担起全部的家务。每天早上起来，他背着孩子劈柴、做饭，周边满地的鸡屎、牛粪污浊不堪，他全然不顾，一心一意操持家务。在一日三餐忙完后，卢鹤绂又要照顾年幼的孩子，直到把孩子哄睡了后，他才坐到书桌前，开始专心致志地在油灯下备课。在这期间，他没有因为妻子生病耽误学生的课程，他所教的学生，学习成绩也都很出色。

第五章　元宝山上智服顽匪

1942年秋,日本侵略军大肆侵犯湖南,侵略者的飞机对湖南省会长沙市狂轰滥炸,长沙城内常常是火光冲天,无辜的百姓四处逃难……

卢鹤绂所在的中山大学正处在粤湘交界处的铁路线旁边,是日本侵略军企图打通的湖南至广州通道的必经之路,战火随时可能烧到这里,因此,在中山大学任教的广东籍人士纷纷做好了随时退入深山躲避战乱的准备。

在卢鹤绂和夫人也准备退入深山躲避战乱之际,在北平燕京大学读书时的同班同学施彦博路经坪石镇,卢、施两人见面交流了别后各自的情况。当卢鹤绂谈到中山大学正面临战乱的困境时,施彦博对他说:"广西大学正需要你这样的人才,如果要到深山躲避战乱,倒不如先去广西大学任教,不知意下如何?"

"可以,这倒也是一个两全其美的办法。"卢鹤绂当即点头表示同意。

过了不久,卢鹤绂便接到了国立广西大学校长高阳的聘书,正式被聘为广西大学理工学院数理系教授。

1943年2月18日,卢鹤绂携夫人吴润辉,怀抱幼子卢永强,乘火车离开了位于坪石镇的广东中山大学,次日抵达桂林市,再转乘烧木炭的学校交通车南行,来到了广西大学所在地良丰墟雁山。

广西大学理工学院数理系主任郑建宣赶到车站迎接卢鹤绂一家

人,并设宴为卢鹤绂一家洗尘。饭后,郑建宣带领卢鹤绂一家来到新建的数理馆,说:"因为战乱,房舍紧张,你们先在这个教室暂住几天,待新宿舍建成,再请你们全家搬过去。"

卢鹤绂一家三口在数理馆的教室中暂时住下。把家安顿好后,卢鹤绂就开始了他在广西大学的教学工作。

不久,学校的新宿舍建成,卢鹤绂一家人移至西林公园内学校新建的宿舍子实楼中。

西林公园号称"岭南第一名园",占地15公顷,原名雁山园,是晚清官僚唐岳(号子实,桂林雁山人)于同治年间所建。雁山园建成不久,唐氏家道中落,唐岳后人以纹银4万两卖给了时任两广总督的岑春煊(广西西林人,国民党创始人之一,广西桂系集团开山鼻祖)。清代有以地名作人名的习惯,因此,雁山园也就更名为西林公园。

这一时期,抗日战争形势严峻,中央研究院物理研究所也搬到了雁山。所以,卢鹤绂在广西大学教学期间有幸遇识了丁绪宝、丁西林、施汝为诸先生,彼此结交,成为至交好友。

在这种困难时期,广西大学采用内燃机自行发电,校园内竟然有电灯照明,这使卢鹤绂很高兴,他在夜晚备课用上了明亮的电灯,方便多了。

卢鹤绂在广西大学理工学院给四年级的学生讲授"量子力学"及"近代物理";同时给二年级的学生讲授"力学"。因为战争吃紧,每个班的学生不足10人。

卢鹤绂的住所子实楼位于湖滨,旁边还有一个山洞,洞南壁有"山明水秀"4字题刻,是国民政府主席林森于1937年春所题。洞北端有岑春煊的摩崖画像和铭文:"是为唐子实先生手搞之园。山水纯乎于天,花树历久亦几于天,亭台之宜则称于天。耕则有田,渔则有池,为名园而想当时之盛也……"洞内空间巨大,可容百人,师生们把这个山洞作为防空洞使用。因为时常有日本侵略军的飞机前来轰炸,中国空军驾机起飞截击,空战时有发生。卢鹤绂有几次躲在山洞中,仰望蓝天观看空战,情不自禁地为我空军战士呐喊加油。

初到广西大学,让卢鹤绂比较烦心的是,校园内有许多蛇,时常可以遇见大蛇蜿蜒穿过上下班的必经之路。有时夜间行路,面前突然窜出一条大蛇,样子十分可怕,把人吓出一身冷汗。每到夜晚出门,要一手提着灯笼或油灯,另一只手拿着木棍,随时驱赶过路之蛇。

1944年夏天,日本侵略军占领了湖南衡阳,并开始向西侵犯桂林。战火突然来临,广西大学不得不决定,在不撤出广西省境内的前提下,迁往北部边境的融县。为了躲避战火,卢鹤绂携家眷挤上了开往柳州的火车,在柳州避难一个多月。到达柳州后,卢鹤绂因水土不服,患上腹泻病,儿子卢永强也发高烧,幸亏吴润辉身体好,忙忙碌碌地一边照顾丈夫,一边照顾儿子。在吴润辉忙得不可开交之际,同事傅蕴珑闻讯赶来帮忙,请来医生分别给卢鹤绂和卢永强打针开药。父子俩在吴润辉的精心调理下,病情渐轻,身体慢慢好了起来。

8月11日,卢鹤绂一家随广西大学的同事们一起乘上一艘大木船,由小火轮牵行,沿融江北上,19日抵达融县。大家依次上岸,住进一所闲置的中学校园内,后来因该校开学,又过河迁入东郭乡一所民房居住。卢鹤绂一家在融县住了一个多月后,传来了桂林失陷的消息,大家感到融县也不安全了。卢鹤绂与同事们讨论商议,共谋如何逃出虎口。大家普遍担心被日寇俘虏,有人提出北撤入黔,但又听说贵州境内匪盗很多,先杀后掠,不少人心有余悸,犹豫不决。在这难以决断之时,卢鹤绂坚定地对大家说:"我抱定宁死于匪穴,不受辱于日寇的意志,下定决心,北上入黔。不知大家意见如何?"

同事们见卢鹤绂态度坚决,遂同意北上入黔。卢鹤绂雇来几艘小船,会同徐铸教授等人一起携眷北上,深入到苗民居住区域,另谋出路。当他们一行人行至桂黔交界处的福禄镇时,遇到了大洪水,受阻数日。洪水退去后,大家改道西行继续向贵州前进。

这天,几只船正艰难地行进在元宝山中时,突然遭到一伙土匪的包围,土匪们狂叫道:"赶快留下买路钱,否则决不放你们过去……"

大家面面相觑,不知如何是好。危难之际,卢鹤绂挺身而出,大声说:"我等早已立下誓言,宁死于匪穴,而不辱于日寇!我愿意代表校方,上山与山大王谈判,以解决目前之困境……"

大家经过一番商议,同意了卢鹤绂的意见,派他与一位身体强壮的青年体育教师,一同上元宝山与土匪头子交涉谈判。

卢鹤绂出面与围困他们的土匪交涉,得知土匪头子名叫王松林,还能讲点道理,不是个胡乱杀人的悍匪,几经谈判,土匪方才同意他们与王松林见面。土匪先把卢鹤绂与那位体育老师的眼睛用黑布蒙起来,这才送他们两人上山。

沿着弯弯曲曲的山间小道,他们来到了匪穴的一个大厅内,卢鹤绂和体育教师毫不畏惧地站立在土匪头子王松林的面前。

王松林吩咐手下把卢鹤绂和体育教师的蒙眼黑布解下来,然后气势汹汹地问:"你们是什么人,为什么要上元宝山?"

"我们是广西大学的教授!我叫卢鹤绂。"卢鹤绂一字一句地回答,声音十分镇定:"我们上元宝山是来拜山的,目的是希望你们让路,放我们西去贵州。"

"你们为什么要去贵州?"土匪头子又问。

"日本侵略军进犯广西,学校无法正常上课,广西大学不得不一再内迁。为了使学校能继续办下去,让学生们有书念,我们只好暂时迁入贵州。因为受到你的手下包围阻拦,学校派我们两人当代表,上山与你交涉。"卢鹤绂沉着地回答。

"你在学校是干什么的?"王松林见卢鹤绂自始至终面无惧色,且谈吐不凡,便手指着他又问了一句。

"我本是美国明尼苏达大学的助教兼博士,在美国有房有车有工作,因为祖国遭受日本侵略军的侵略,所以放弃了在美国的工作和舒适的生活条件,回国后先到广东中山大学任理学院物理系教授,现在任广西大学理工学院数理系教授,我要为国家培养有用的人才,以拯救我们的祖国……"

卢鹤绂铿锵有力、掷地有声、大义凛然的陈述，使匪首王松林听了大为感动，心中肃然起敬，当场走下座位，亲自给卢鹤绂搬来一把椅子。另一个土匪也给那位体育教师搬来了椅子。王松林对卢鹤绂说："卢先生，你能从美国归来与国人同患难，共甘苦，报效我们的国家，鄙人十分佩服。请你坐下慢慢说……"

说完，王松林又给卢鹤绂和体育教师端上了茶水。卢鹤绂喝了一口茶，又把他在美国的学习、工作情况陈述了一遍，特别是讲了他怎样冲破重重阻力，回到战乱中的祖国的情形，以及在中山大学、广西大学的教学情况。

王松林认真听完了卢鹤绂的述说，完全被卢鹤绂的爱国精神所折服，他立即吩咐手下端上酒菜。美味佳肴摆了满满一大桌子，王松林亲自把卢鹤绂和体育教师请到上座，又给他们斟满了酒，然后端起酒杯，双手举到卢鹤绂面前，说："卢先生，你如此热爱我们的国家，让鄙人既敬佩，又惭愧，鄙人敬先生一杯，以表我们的歉意，还请先生谅解……"

卢鹤绂见此情景，端起酒杯，与王松林碰了一下，然后一饮而尽。

饭后，王松林亲自送卢鹤绂和体育教师至大门外。王松林弯腰向卢鹤绂深深鞠了一躬，说："卢先生，我为手下的无礼再次表示歉意……"

卢鹤绂握了握王松林的手，说："希望你们今后能多做些对国家、对民族有意义的事。"

王松林应了一声，便拿出几面三角会旗，送给卢鹤绂，说："先生下山后，可以将此令旗插到船上，可保先生一行人平安到达目的地……"

卢鹤绂回到被围困之地，把令字旗一举，众土匪见了，纷纷撤离。同事们立即围上前，把卢鹤绂高高地举了起来。

"大家立即上各自的船，动作要迅速，此地不可久留。"卢鹤绂招呼众人上船，又依次把三角会旗悬挂到各条小船上，一字排开，沿江向西进发，各地土匪见之纷纷避让，秋毫无犯，一路畅通。

第五章　元宝山上智服顽匪

卢鹤绂率队离开福禄镇后，继续西行入黔。他们过了一滩又一滩，滩上有湖，四周古木参天，是原始森林，密密层层，风景绝佳。卢鹤绂心中感叹，此等美景，过去从未见过，只是可惜如此大好河山，被日本侵略军肆意蹂躏，国人流离颠沛，不禁心里阵阵作痛，十分难受。

在行进途中，每过一处急滩，卢鹤绂都要上前帮助船家撑船。有一次，他在帮助船家撑船时不慎将所戴的一款金丝眼镜打落水中，虽急忙伸出手企图抓住，但眼镜瞬间便落入滔滔河水之中，他无可奈何，只得站在船头眼睁睁地看着它去了，心中十分惋惜。

小船在这条河上行驶了一月有余，终于在一天黄昏赶到了苗民之都榕江城。榕江城自古便是军事要地，城外的河流即是榕江，榕江下游为融水，县城以江得名。

卢鹤绂照料妻儿上了岸，然后四处联系住所。由于榕江城突然间涌进许多人，住房又成了大问题，几经周折，他们联系到一所中学的校园，暂时住了进去。

卢鹤绂一家三口在这所中学的校园内住了十多天后，广西大学校长李运华带领的教职工大队人马到达榕江城。广西大学正式在榕江城安顿下来，学校在城内西北隅山下租了一处民房，派人把卢鹤绂一家接进城里。因战火仍然不断，卢鹤绂只好在家中授课，他的住所既当宿舍又当教室，条件极为简陋。学生人数虽然不多，但卢鹤绂仍然坚持认真备课，所讲授的物理课让学生们听得津津有味。

有一天，卢鹤绂正在家中给学生们讲课，忽然有人跑进来报告，说日本侵略军占领桂林后又向柳州进犯，西进金城江，并且正在企图北侵贵州。这时候，榕江城里国民党驻军的一个团正奉命撤往东北方向的黎平，学校大部分员工也随部队撤退。卢鹤绂因有妻儿拖累，未能随大队人马撤退。

此时国民党杨森部从前线溃败入黔，据说这支溃败的队伍在广西的公路抢了一家银行运钞票的车辆，其中一部分队伍在向东北方向撤退时路过榕江城，士兵的口袋里都装满了钞票而无处可用。同事们得知此事,知道卢鹤绂一家手头拮据,便拉他到城外闹市大街上摆地摊,卢鹤绂本来不想去,在犹豫之际,夫人吴润辉说:"生活所需不是什么丢人的事,你去吧……"

卢鹤绂只好硬着头皮,来到城外闹市大街旁摆开地摊,他把一支心爱的自来水钢笔卖给了国民党的一个团长,然后用换来的钱买了几斤大米,暂时解决了家中断炊之苦。后来又陆续卖出多年未穿的长筒套靴一双、盥洗工具一袋,以补家用的不足,算是暂时渡过了难关。

过了几日,日本侵略军突然兵临城下,全城的百姓逃走一空,青壮年师生均步行逃进深山老林。卢鹤绂携家眷雇了船,在开拔之际,究竟是北上还是南下还难以拿定主意。就在国民党当局正准备烧城之际,突然又传来消息,说日本侵略军怕中了中国军队的埋伏,自动向南方撤走。大家喜出望外,卢鹤绂当即携家眷进入空城,又回到家中。

这年元旦的晚上,卢鹤绂应广西大学师生们的请求,在大操场露天戏台上,同崔华五夫人合演折子戏《坐宫》,文武场面皆由广西大学的同事们助演。在这战火纷飞的岁月,前几日还被日寇包围的榕江城,突然响起了锣鼓声,戏台上演起了国粹。卢鹤绂的唱腔韵味十足,台下的观众叫好声不断,场面十分热闹。这场戏受到了榕江城居民的热烈欢迎,戏散了,许多观众仍然不肯离去。

第六章　应聘去浙江大学任教

卢鹤绂在榕江城演出京剧折子戏《坐宫》，不仅受到当地居民的欢迎，也引起了一些老朋友的关注。其中有一个人，还专程到榕江城探望卢鹤绂，这个人就是丁绪宝先生。丁绪宝来到战火纷飞的榕江城，看到卢鹤绂的家既是教室又是住所，而且榕江城又处在日本侵略军的包围中，教学无法正常进行，便对卢鹤绂说："这里战火纷飞，不知哪一天教学就会因战乱停下来，我介绍你去浙江大学任教，不知意下如何？"

卢鹤绂考虑了一番，说："如果浙江大学需要，我愿意前往。"

不久，因战乱迁到黔北的浙江大学，通过榕江中学转来了浙江大学校长竺可桢的聘书及旅费，聘请卢鹤绂为浙江大学物理系教授。

卢鹤绂看了聘书，又与广西大学进行了协商，决定在旧历年后应聘去浙江大学。

1945年春节过后，卢鹤绂雇用一只小船，尾随着去贵阳开会的县长所乘的大船，携眷西行。小舟沿江行至半夜时分，忽然传来狼群的嚎叫，其声竟如空袭警报，吓得小儿卢永强大声啼哭，卢鹤绂连忙安慰道："我儿不怕，我儿不怕……"

夫人吴润辉从卢鹤绂怀中接过卢永强，环抱于怀中，手拍着儿子："我儿不哭，我儿不哭……"

卢永强在母亲的怀抱中慢慢地睡着了。

小船沿江航行了3天3夜，到达了三合，卢鹤绂携家眷上了岸，找了一家旅店住下。

次日清晨,卢鹤绂一家离开了旅店,沿公路北上。卢鹤绂徒步行走,吴润辉怀抱卢永强坐滑竿,行李则雇挑夫背挑。大家沿山路迤逦而行,走一阵,歇一会,整整一天才走了70余里山路。大家又累又渴,到晚上9点左右到达八寨村,找了一户人家住了下来。

次日早上,卢鹤绂辞别了那户人家,继续循小路艰难西行。两天后,抵达了都匀。

在都匀,卢鹤绂一家住了数日,体力渐渐得到恢复。卢鹤绂便到街上寻找车辆,正好遇到一辆大卡车准备北上,卢鹤绂上前商议,这家车主表示愿意让他们搭车。卢鹤绂便携全家搭上了这辆大卡车,路经马场坪西行,当晚到达了贵阳城。

卢鹤绂一家在四川客商的驿店住了十多天后,在浙江大学理学院胡刚复院长的安排下,乘坐公路卡车,第二天下午到达了浙江大学理学院所在地——山城湄潭。理学院系主任王淦昌亲自到车站迎接卢鹤绂一家,安排他们暂时住到城外双修寺物理系新建的一间房舍里,后来又迁到南门外大街丁绪宝家的阁楼内。

浙大理学院物理系旧址——湄潭双修寺

第六章 应聘去浙江大学任教

卢鹤绂住下以后,发现贵州尽管地处中南,山高水险,交通不便,但湄潭真乃江南胜地,不愧有黔北小江南之美称,这里山明水秀,物产丰饶,也算是战乱之中安居乐业的绝佳境地了。

由于地方偏僻,浙江大学只能分设,一个学院分居一处地方,理学院即在湄潭,办公室设在文庙内,这是县城最大的一所建筑。卢鹤绂就在这里开始了他在浙江大学的教学生涯。他在这里给四年级的学生讲授"理论物理",同时又给三年级的学生讲授"热学"。尽管每个班只有十几名学生,但是卢鹤绂所授的每堂课都极为认真。他每次授课,都是向学生敞开胸怀,真实地讲述自己的见解学识、所见所闻,学生们都十分喜欢听他的课。

刚到湄潭城时,卢鹤绂每晚都是在菜籽油灯下备课,后来县城安装

卢鹤绂在浙江大学任教的教室(贵州湄潭,1944年)

上了电灯,这让他感到十分方便,备课授课更加起劲,教学的劲头越来越足。

卢鹤绂是一个喜欢结交朋友的人,他在湄潭期间,结交了本系同仁何增禄、朱福炘、朱正元、王谟显、杨友樊诸公,外系新结识了卢于道、谈家桢、仲崇信、江希明、吴长春、熊同和、罗登义、朱希亮等人。他与他们结成至交好友,彼此建立了深厚的友谊。

卢鹤绂听比他早到湄潭的教授们讲,浙大迁来之前,湄潭县城仅有约一千人口,迁校而来的浙大师生却有两千多人。浙大这一迁来,导致湄潭县城物价飞涨,很多教授只得以盐水就饭,或以白薯充饥。之前家庭条件非常优越的苏步青教授,当时一家8口人只有一条被子,全家常以青菜煮汤作为食物。王淦昌教授的小女儿一生下来就断了奶水,他只好买了一头小羊,每天挤羊奶喂养女儿,谁知小羊竟险些被狼吃了。无奈之下,王淦昌只好随时牵着小羊以保安全,即使给学生上课,也随身牵着这头"命根子",下课之后再上山放牧。王淦昌因此被同事们送了个雅号——"牧羊教授"。

1945年,英国剑桥大学生物学家李约瑟博士,在英国《自然周刊》发表文章,谈他此前两次参观浙江大学的感受,称浙大是当时"中国最好的4所大学之一",并冠之以"东方剑桥"的美誉,他说:"在那里,不仅有世界第一流的气象学家和地理学家竺可桢教授,有世界第一流的数学家陈建功、苏步青教授,还有世界第一流的原子能物理学家卢鹤绂、王淦昌教授。他们是中国科学事业的希望。"李约瑟对浙大师生在极其困难的条件下所展示的科学研究水平之高和学术研究风气之浓厚而惊叹不已。他了解到,由于战争时期邮局邮寄困难,科学期刊都是一筒一筒的胶卷,要读资料就得用放大镜看胶卷,非常费劲,进度很慢,还伤眼睛。实验条件更差,许多仪器设备都要自己动手筹建、制作。卢鹤绂和其他教授们就是在这样的条件下,进行着一流的科学研究和教育教学。

湄潭浙江大学分部大门

浙大图书馆旧址——湄潭文庙大成殿

1945年夏秋之交，黄河泛滥成灾，湄潭县各界筹备举行赈灾义演。主办单位专门来到浙江大学理学院办公室，找到卢鹤绂说："卢教授，听说您会唱京剧，观众十分喜欢，现在我们举办赈灾义演，不知您是否愿意参加？"

"好啊，我愿意参加。"卢鹤绂本来就爱唱京剧，现在邀请他赈灾义演，当然求之不得，十分爽快地答应了。

义演是在县城的大广场进行的，卢鹤绂演出了《空城计》及全本的《四郎探母》。台下观众人头攒动，对卢鹤绂的演出齐声喊好，拍手称绝。

这天早上，住在天津的崔可言照例在家里收听重庆广播电台的新闻。忽然，她的眼睛一亮，原来是电台里播出了长子卢鹤绂在湄潭城举行京剧义演的消息。崔可言多年没有长子的音信，现在得知他在湄潭浙江大学当教授，喜出望外，立即提笔给卢鹤绂写了一封信，派人去邮局寄了出去。

不久后的一天，身在湄潭的卢鹤绂刚到办公室上班，就有人给他送来一封信。卢鹤绂拿到手中一看，是母亲的笔迹，一股热流涌上心头。因为没有地址，他已经有5年时间与家里失去联系了，现在收到母亲的信，自然激动不已，潸然泪下。

卢鹤绂立即提笔，给母亲写了回信，向母亲汇报了他这几年的经历。

在卢鹤绂参加赈灾义演不久，8月6日和9日，美军在日本的广岛和长崎各投下了一颗原子弹。与此同时，8月8日，苏联宣布对日作战。9日凌晨，苏军总兵力150万人越过中苏边境对日本关东军发动猛攻，并出动480架战机，轰炸日军在中国东北的军事工业中心和交通枢纽。面对急转直下的形势，日本政府于8月15日被迫宣告接受《波茨坦公告》，日本天皇发布《终战诏书》，向全世界宣布无条件投降。

第六章　应聘去浙江大学任教

一天,卢鹤绂下班回家,正逢《科学》杂志主编卢于道前来拜访。卢于道与卢鹤绂寒暄几句后,说:"卢教授,当局让我转请您写一篇关于原子弹的文章,不知您是否愿意?"

"可以,向人民传播有关原子弹的知识,这是好事一件,我可以写。"卢鹤绂很爽快地答应下来。

卢鹤绂接受约稿后,当晚就挑灯夜战,开始伏案写作。他在撰写过程中,又反复推理演算,研究估算铀235原子弹及费米型原子堆临界体积的简易方法。不知花费了多少个不眠之夜,至1946年6月,卢鹤绂终于完成了《原子能与原子弹》这篇重要文献的撰写,寄交《科学》杂志。1947年1月,已从重庆搬到上海的《科学》杂志,全文刊出了卢鹤绂的这一重要文献。

1946年盛夏,浙江大学开始陆续迁回浙江杭州。

卢鹤绂因夫人怀孕临产,不能随大队人马撤回杭州,继续留住湄潭城。因吴润辉产期临近,卢鹤绂携妻儿迁入湄江饭店二楼一个雅致的小房间居住。

1946年7月7日,吴润辉又顺利产下一个男婴,卢鹤绂见次子又白又胖,高兴地对吴润辉说:"这孩子生得真是可爱,他出生在湄潭,就取乳名湄儿,学名叫永亮吧。"

吴润辉立即点头赞同,

杭州刀茅巷全家照(1947年)

说:"好,就叫湄儿。"

孩子满月后不久,卢鹤绂和吴润辉夫妇携两个幼子,同丁绪宝、杨友樊两家人,一同乘一辆公路卡车,离开了居住了一年半之久的湄潭城,经遵义南行至贵阳,再东行经过黄平、玉屏、芷江、邵阳、湘潭,到达湖南省会长沙。他们住进一家客店中,等待了数日,登上了一艘小火轮,继续北行,又经过洞庭湖,抵达了汉口。一行人从汉口下了船,住进一所学校,数日后又登上一艘江轮,顺流而下,直接到达上海外滩码头,上岸后住进交通大学洪力生、黄琼玖夫妇家中。过了数日,他们乘沪杭线火车赶到了杭州,先住到浙江大学一个教室里,后来迁入刀茅巷新建的丙种宿舍院内居住。

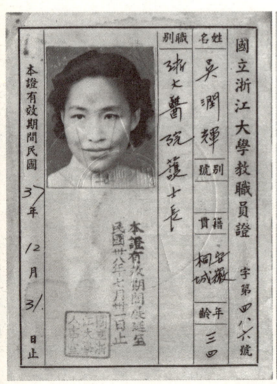

浙江大学教职员证(1948年)

第六章　应聘去浙江大学任教

卢鹤绂刚到杭州,便急于去游览盼望已久的西湖,他约好友杨友樊结伴同行,徒步游览。当他们两人来到湖滨长凳上坐下休息时,卢鹤绂问杨友樊:"西湖还有多远?"

杨友樊惊讶地回答说:"咱们眼前不就是西湖嘛。你真的不知道啊?"

"唉,这就是西湖呀!我们在桂黔等地,青山绿水,茂密的森林看得太多了,再看这点小风景,甚觉不以为奇。我忽然有一种感觉,文人们笔下的西湖美景竟然是言过其实。现在我们来看面前的西湖,真是让人大失所望!"

卢鹤绂迁到杭州以后,继续担任浙江大学理学院物理学教授,他先后讲授了"理论物理"、"热学"、"电磁学"、"量子力学"、"近代物理"等课程。他的办公室在舜水馆二楼,正对着一泓小湖,湖水清澈,环境优雅。他在做好教学工作的同时,还充分利用课余时间专心致力于理论研究。他首先将在湄潭城时潜心研究所得的估算铀235原子弹及费米型原子堆临界大小的简易方法,以《关于原子弹的物理学》为题,撰写成一篇英

浙江大学物理系师生合影(2排右3,1950年)

文论文,寄往美国《美国物理月刊》,以探虚实。

回想当年,纳粹德国的原子弹计划原本领先于美国,但是由于计算错了临界质量,把产生链式反应所需的数十公斤铀,算成了十几吨,直接导致了德国制造原子弹计划搁浅。计算错误者名叫海森堡,1932年获得过诺贝尔奖。

这个时期,由于有关原子弹的理论及原子堆的工作原理等仍属于保密范畴,该刊主编劳勒尔不得不将此文送交美国原子能委员会审批,一年后才得到许可,在1947年该刊的最后一期上发表。

此文在《美国物理月刊》发表后,卢鹤绂昔日在美国的同学、同事以及亲朋好友才知道,多年来杳无音信的卢鹤绂已经在杭州的浙江大学担任教授了。

卢鹤绂的《关于原子弹的物理学》一文发表后,美国舆论轰动,不得不称卢鹤绂为世界上"第一个揭露原子弹秘密的人"。

1947年,卢鹤绂在浙江大学一边教书,一边继续他的核物理研究工作,并在中国的《科学》杂志上发表了《重核二分之欠对称》的研究报告,大胆地提出了核裂变不对称的一种解释。

这一年,卢鹤绂还受聘为中国科学社的《物理》特约编辑,以及中华自然科学社的《原子物理》特约编辑。在1948年至1949年间,卢鹤绂还受聘为齐鲁大学杭州分校物理系的兼职教授。

1947年至1948年,卢鹤绂在《科学世界》杂志上发表了《从铀之分裂谈到原子弹》以及《海水传音》两篇总结性论文。

1949年3月3日,吴润辉在浙江大学医学院附属医院妇产科顺利生下第三个儿子。已有两个儿子的卢鹤绂非常想要个女孩儿,于是给三儿子取名永芳,希望能"带"来个女儿,可1958年出生的老四仍是儿子,没有女儿令卢鹤绂引为憾事。

婴儿满月后,卢鹤绂看到一家5口人住在两间不宽敞的平房内,实在太拥挤,便找到学校后勤部门的负责人,说:"我一家5口人挤住在两间房里,实在是不够用,请学校借一笔款,我自己盖一间房。"

第六章 应聘去浙江大学任教

杭州留影(1949年)

"可以可以,当然可以。是我们考虑不周,只不过这可要辛苦卢教授了。"学校后勤部门的负责人很痛快地答应了卢鹤绂的要求,借给了他一笔款。

卢鹤绂自己动手,学校的其他同事也来帮忙,大家齐心协力,很快就盖好了房子。

新房落成,全家人住得宽敞多了。这时候,岳父吴仪赵从安徽桐城躲避战乱来到杭州,卢鹤绂便把岳父接到家中同住。不久,岳母也来了,房子虽说仍然不够宽敞,但是一大家子7口人住在一起,老人孩子欢声笑语，倒也是其乐融融。

卢鹤绂一生酷爱京剧艺术，在杭州教学、科研之余，仍然经常在课余时间唱一段京剧。他在浙江大学教书期间，还两次应邀登台演出。一次是在浙江大学的校园里，学校搞庆祝活动，邀请卢鹤绂登台主演了《四郎探母》中的"坐宫"、"会妻"、"哭堂"和"回令"4场折子戏，受到了全校师生的热烈欢迎。另一次是应邀在杭州市内的大世界演出《断臂说书》，无论是扮相还是唱腔，他均一丝不苟，神韵十足，赢得台下观众的齐声喝彩，在杭州市引起了巨大轰动。

第七章 "卢鹤绂不可逆性方程"诞生

1949年的春夏之夜,中国人民解放军的百万雄师横渡长江,一举击溃了国民党反动派苦心经营的长江防线,南京随之被解放,南京总统府悬挂的青天白日旗黯然落地,蒋家王朝宣告灭亡。

南京解放不久,谭震林部从安徽挺进浙江,从西边进入杭州,国民党的残余部队还未来得及抵抗,杭州即被解放。卢鹤绂手牵长子卢永强走在杭州的大街上,亲眼目睹了国民党薛岳部的残军兵败过杭州南逃时的狼狈窘相,心想:这样溃不成军的军队岂有不败之理?卢鹤绂从心里欢迎解放军挺进杭州,庆贺杭州的解放。那些日子里,全城百姓载歌载舞,大街上到处是欢声笑语,一派喜气洋洋。

杭州的解放,给了卢鹤绂以莫大的鼓舞,他教学科研的劲头更足了。杭州解放后,浙江大学实行军管,林乎加担任军管会主任。新中国成立后,卢鹤绂心情舒畅,精神振奋,他一改过去授课时多用英语的习惯,改成全部用汉语授课。谁承想,学生们反映卢教授用英语授课时他们都听得懂,改用汉语后有些内容反而听不懂了。因此,卢鹤绂采取了因材施教的办法,对原有的学生恢复用英语讲课,对新来的学生以及此后新入校的新生一律采用汉语讲课,这样一来,大家就不再有什么意见了。

1950年春,杭州至天津的铁路通车了,卢鹤绂对吴润辉说:"杭州至天津通车了,咱们回家探望双亲,好不好?"

"太好了!"吴润辉作为儿媳,还没有见过公婆的面呢!她高兴地说:"咱们什么时候动身?"

"待向学校请了假,就立即动身。"卢鹤绂与学校协商后,利用假期回天津省亲。

那是一个晴朗的日子,卢鹤绂与吴润辉携3个孩子一起乘上了北去的列车。

第二天上午,列车到达天津站,卢鹤绂一下车,便看见父亲卢景贵站在前边,大声喊了一声:"父亲!"

卢鹤绂和吴润辉上前见过父亲,3个孩子立即围上来,大声喊着:"爷爷,爷爷……"看到3个孙儿如此聪明可爱,卢景贵心里有说不出来的高兴。

卢景贵雇了一辆车,卢鹤绂率领一家人上了车,一会儿工夫,便到了意奥交界路3层楼房的家中。早早等候在院中的母亲崔可言见到了离别已有14年之久的儿子,眼中含着泪花,卢鹤绂立即向前,说:"母亲,我们回来看您了……"

接着,卢鹤绂把吴润辉介绍给崔可言,吴润辉喊了一声:"母亲!"

崔可言应了一声,立即拉住吴润辉的手问寒问暖,犹如跟自己多年不见的亲生女儿重逢一样。

3个孩子围在奶奶的身旁,喊着:"奶奶,奶奶……"崔可言忙不迭地应答着:"哎,哎……好孩子!"

看到长子卢鹤绂一家人围在身边,崔可言欢喜得合不拢嘴。

在短短的几天探亲期间,全家人沉醉在无比欢乐和幸福的氛围之中。

离别时,卢鹤绂对父母说:"父亲,母亲,你们要多保重身体,儿子祝愿二老健康长寿。"

卢景贵嘱咐儿子说:"新中国刚刚建立,你们要好好工作,多为国家做贡献!"

卢鹤绂郑重地对父母说:"请二老放心,我一定会为国家努力工作,不辜负全家的期望……"

卢鹤绂从天津回到杭州,立即投身于紧张的教学和科研工作中。在全国人民庆祝解放的喜悦氛围中,他在舜水馆的办公室里日夜忙碌着给学生们备课,下课回到办公室便进行科学研究。

这一天,卢鹤绂给学生们授完课,信步走出校园大门,不知不觉来到了西湖边。他伫立于西子湖畔,潜心思索,似有所得,心情愉悦之时,随手捡起一块小小的石头,抬手投入了平静的湖面,随着一声轻响,湖面立即荡起了一圈又一圈的涟漪,由密而疏,从小到大,波纹扩散荡漾,逐渐消失,水面又恢复了平静……

"妙啊!"卢鹤绂拍手欢喜地大叫:"太好了!"

卢鹤绂如此高兴地拍手称快,他有什么重要发现吗?

原来,早在1950年初,卢鹤绂根据多年的教学和研究成果,便对经典流体动力学的基本方程产生了质疑,开始重点研究流体动力学问题。为此,他专门考察了在流体动力学中影响容变压缩的一切因素,认为除了弹性恢复之外,还有不能恢复的弛豫过程。不知有多少个不眠之夜,他在青灯下苦思冥想,他在林间小溪边徘徊思索……

一颗小小的石子投入湖中激起的一系列反应,使他眼前一亮,流体受到外力产生容变以后,决不会完全恢复常态,其中必有一部分能量逐渐转化为废热而不可逆变。他推论出,把能量耗散只归结为第一种粘滞性,从分子过程来看是不够的。第二种粘滞性也决不为零,这更加符合著名的热力学第二定律啊!卢鹤绂喜不自禁,他当即奔回宿舍,坐到书案前,伏案工作起来。他动手仔细进行推算,沿着自己的思路追索下去,延伸开来,他的思绪像一条跨越群峰的彩虹,这群峰叠嶂便是流动力学、热力学、分子物理学、声学和超声学……卢鹤绂不停地算啊,写啊,终于推算出了一个高度概括而又异常美妙的基本方程。

卢鹤绂以物质应变是内部必有分子弛豫过程导致第二种粘滞性不为零为根据，修改推广了原有的纳威尔-斯托克斯非线性方程，以容纳容变粘滞性，取得了能解释声吸收反常现象的结果，写成了以《容变粘滞性之唯象理论》为题的论文，首先发表在中国《物理学报》1950年9月第7卷第5期第362至375页上。他在这篇论文中提出了容变粘滞性理论，首次推出了容变弛豫方程。

接着，卢鹤绂进一步进行研究，发展了他的可压缩流体的粘滞弹性理论，他把这个容变粘滞性理论在声学上的应用范围从低频率延伸至全部频率，将其原理及所推算出来的结果，写成了以《从声现象研究体积粘滞性和压缩性》为题的论文，于1951年1月发表在《美国声学会月刊》第1期第12至15页上。

同一年，卢鹤绂又在中国《物理学报》第8卷第1期第1至13页上发表了题为《容变粘滞性与声之速变及吸收》的论文，把这一理论从适用于单一种分子弛豫过程推广到有多种弛豫过程同时存在的情况。同期杂志上还发表了卢鹤绂的题为《可压缩流体之散逸函数》的论文，从他的可压缩流体动力学方程推导出包括容变粘滞性在内的流体耗散函数。他在这些论文中，对经典流体动力学方程纳威尔-斯托克斯方程进行了修正，首次推出霍尔假定的突变弛豫方程，科学地阐明了体积粘滞量度系数的定义。

当时的美国政府正对新中国搞禁运与封锁，然而民间科学交流是禁不住的，卢鹤绂的这一系列重要论文的发表立即引起了世界有关方面的重视。

美国著名理论物理学家马卡姆(J. J. Markham)、拜尔(R. T. Beyer)和林赛(R. B. Lindsay)，在权威的《现代物理评论》杂志上发表了题为《流体中声音的吸收》的文章，极力推崇卢鹤绂提出的弛豫压缩基本方程，在世界上首次将其命名为"卢鹤绂不可逆性方程"。他们认为：

第七章 "卢鹤绂不可逆性方程"诞生

在液体中，这个方程比在气体中更复杂，上述的概念必须加以推广，最直接办法中的一个是最近由卢鹤绂提出来的。他在这个方法中直接使用了体积，令 S_0 为 $-\Delta V/V$ 的静态数值，S_∞ 为 $-\Delta V/V$ 在很高频率时的数值，并且令 S 为 $\Delta V/V$ 即时负值，卢鹤绂不可逆性方程为

$$\mathrm{d}(S-S_\infty)/\mathrm{d}t = (S_0-S)/T.$$

用这个方程可以得到单一弛豫过程的声学方程。

文献传到日本、英国、德国、意大利等国，一些权威的专著纷纷引述。在世界物理学史上，一个以中国科学家命名的方程熠熠生辉。

在浙江大学，卢鹤绂常常彻夜不眠地推算和研究，他推算了比原子核的传统均匀模型更加优越的最早期壳模型，首次确定核半径公式应为 $R=1.23\times10^{-13}A^{1/3}\,\mathrm{cm}$，并以《关于核模型》为题，发表在美国《物理评论》1950 年 2 月期的第 416 页上。

王淦昌在 1949 年 1 月从美国回来时，曾带回国内奇缺的相当数量的电子元器件，准备做实验研究之用，但一直无人使用。全国解放后，王淦昌鼓励卢鹤绂做些实验研究，于是，卢鹤绂便决定通过实验观察铀核裂变。曹萱龄自愿协助卢鹤绂进行实验。卢鹤绂自己动手设计了充氩电子收集型裂变电离室，交给系工厂制成。他又设计并安装了线性电脉冲放大器，找不到屏蔽电缆线，卢鹤绂灵机一动，用一层香烟锡纸包在普通电线外面来代替。卢鹤绂自己笑称："居然关键时刻在搞科研上发挥了作用，看来吸烟倒也不完全是不良嗜好啊。"示波器倒是王淦昌带回来的美国货，但是没有计数器，就用目测法记下示波器的脉冲数。用这套自制仪器，卢鹤绂在当时的中国国内首次观测到铀核裂变时的情景。他研究出源厚度外推法，测量了铀核半衰期及铀裂块在氧化铀层中的射程，在国内首次测得铀 235 自发裂变半衰期为 $(4.2\pm$

0.6)×10^{16} 年。实验结束后,卢鹤绂同曹萱龄联名将这一工作以《铀核之自裂》为题,发表在 1953 年的《物理学报》及《中国科学》上。当时的苏联、德国等国的文献上都对卢鹤绂和曹萱龄的这一论文进行了引用。

这一时期,美国《明尼苏达大学哲学博士论文简报》第 4 卷上,摘要发表了卢鹤绂 1941 年在美国明尼苏达大学撰写的哲学博士论文《新型高强度质谱仪及在分离硼同位素上的应用》。随后,美国原子能委员会刊物《核科学文摘》刊出论文全部提要。

第八章　初到上海复旦大学任教

1952年夏，中华人民共和国高等教育部进行大学院系调整，浙江大学改为工科大学，其理学院的主要师资力量陆续调整到其他大学，卢鹤绂与谈家桢、苏步青、陈建功、吴征铠等人调往上海复旦大学任教。

这年秋天的一个早晨，卢鹤绂携带全家七口人登上从杭州开往上海的一辆专列，专列离开杭州前夕，林乎加等负责人赶到火车站为卢鹤绂送行。林乎加在列车登车口亲切地与卢鹤绂握手，欢送他去复旦大学工作，并与卢鹤绂交谈了很长时间，直到火车鸣笛快要开动了，卢鹤绂还在登车口与林乎加交流着，最后两人再一次握手，卢鹤绂才上了火车。

卢鹤绂一家乘坐的列车抵达上海站时，早有复旦大学派出的工作人员等候，他们接卢鹤绂一家人来到复旦大学第二宿舍。新住所是3间平房，住7口之家，显得有些拥挤，特别是有一些东西无处摆放，夫人吴润辉对卢鹤绂说："房间少了点，有些东西没地方安置，怎么办呢？"

卢鹤绂在各个房间看了一下，微笑着对吴润辉说："我的一些书籍还有那些资料，先堆起来吧！咱们在坪石镇时，只有一间西厢房，不是还曾住下咱们一家三口吗？现在有3间房住，已经比坪石的条件好多了。"

吴润辉听了丈夫的话，就再也不说什么了，默默地把丈夫的书籍和资料堆放到床下，她深知丈夫的秉性，知道卢鹤绂是不会伸手向组织要宽敞的住房的。吴润辉连续突击干了几天,把三间小屋拾掇得井井有条。

3间平房住7口之家,虽然有点挤,但是卢鹤绂仍然感到很满足,生活得很愉快。吴润辉专门给他收拾出半间房,放下了一张小书桌,中间拉一块布帘,与另外半间房隔开,以供卢鹤绂备课和进行科学研究之用,他的许多重要论文,都是在这半间房里昏暗的灯光下伏案完成的。

在复旦大学第二宿舍26号寓所前的全家合影(左1为卢鹤绂的岳母张聿先,1953年)

卢鹤绂草草安下家后,就来到复旦大学上班,他见了物理系主任王福山、副主任江仁涛。王福山为人热情,他拉住卢鹤绂的手,很亲切地说:"闻听卢鹤绂教授要来复旦教学,我们十分高兴,很欢迎你来复旦大学工作。"

"我也很愿意来复旦教学。"卢鹤绂和王福山握手后,问道:"王主任,你一直在复旦工作吗?"

"不是的,我是刚从同济大学调过来的。"王福山给卢鹤绂让了座位,大家落座,继续就有关教学的话题交谈起来。

在谈到教学工作时,王福山以征求意见的口吻,对卢鹤绂说:"复旦大学理科师资不足,系里准备让你讲授'热力学',还有'统计物理学'两门课程,不知卢教授有什么意见?"

"我服从系里的安排。"卢鹤绂回答说:"不知系里和学校还有什么特殊要求?"

"现在正值全国上下都在学习苏联的经验。"王福山一边回答,一边拿出两个大本子交给卢鹤绂,说:"这是苏联莫斯科大学关于这两门课程的教学大纲,你仔细看一下,这对于今后在教学中学习苏联的经验,很有帮助。"

"好!我一定认真参考苏联的经验。"卢鹤绂接过这两本教学大纲,很仔细地阅读起来。经过深入研读,卢鹤绂认识到,虽然苏联经验有可取之处,但是全盘学习苏联的高等教育体制则不可取。过细的专业设置,只能培养应用型人才,不利于大学生全面打好学科基础,更难以成就有发展底蕴的大师。

尽管崇尚通才教育,但在落实具体工作任务上,卢鹤绂从来都是一丝不苟的。经过几个通宵的认真备课,卢鹤绂开始授课。讲授"热力学",卢鹤绂采用了美国季曼斯基(Zemansky)的著作,并在备课中参考了苏联的经验,授课后学生们比较欢迎。

因为"统计物理学"暂时无合适的教本可选,卢鹤绂便决定自己动手编写讲义。他白天坚持到学校讲课,晚上回家在半间书房内挑灯夜战,连续突击了十几个夜晚,一本独树一帜的讲义课本成功地编写出来。卢鹤绂又反复审阅核对了几遍,感觉尚满意,便交给学校印刷厂印刷成册子。这个讲义课本,卢鹤绂既参考了苏联莫斯科大学教学大纲的一些内容,又采用了美国季曼斯基著作中的观点,经过总结归纳,吸取精髓部分,所以条理清晰,观点鲜明,发到学生手中,受到了学生们的普遍欢迎。

编写的讲义印成册子后,卢鹤绂便全身心地投入了教学工作。因为卢鹤绂从不迷信权威,他所讲的课融贯苏联、美国教科书的精华,再加上他自己的独特见解,讲得格外生动、透彻,十分引人入胜。特别是在讲授"统计物理学"课程时,刚开始只给本年级的学生讲授,因为他采用启发式教育,所讲内容条理清晰,深入浅出,通俗易懂,学生们非常喜欢听他的课,一传十,十传百,其他年级的学生也赶来听卢鹤绂授课。学生数量由开始时每堂课一百多人发展到几百人,反响越来越大。

卢鹤绂教授物理的名声越来越响,上海其他大学便来邀请他前去讲授"量子力学原理"和"统计物理学"等课程,卢鹤绂推脱不掉,征得学校的同意,只好前去授课。所以,卢鹤绂到复旦大学的第一个学期,除了在本校授课外,还应邀到其他大学授课,四处奔波,日子过得相当充实。

1953年一个春光明媚的日子,卢鹤绂在从复旦大学授课回家的路上,巧遇好友卢于道先生。两人多日不见,突然相遇,都有一肚子的话要说,于是,卢鹤绂便邀卢于道到家中一叙。夫人吴润辉见客人来了,便炒了几个拿手好菜,端了上来。卢鹤绂请岳父吴仪赵一起陪卢于道饮酒,三人边吃边聊,畅谈新中国飞速发展的大好形势,吃得十分尽兴。

酒过三巡,卢于道端起酒杯,先敬了吴仪赵一杯酒,又和卢鹤绂碰了杯,然后一饮而尽。卢于道放下酒杯,对卢鹤绂说:"老朋友,自从你从美国学成归来,教学和科研真可谓是硕果累累,特别是调入复旦大学以后,教学的成绩越来越好,在国内外的声望也越来越大,你应该在政治上有所追求,我介绍你参加九三学社,不知你意下如何?"

"九三学社是一个什么组织?参加九三学社有什么意义?"卢鹤绂颇感兴趣地问了一句。

第八章 初到上海复旦大学任教

"老朋友,你的一切精力都用在了教学和科学研究上了,这当然很好。"卢于道端起茶杯,喝了一口,又说:"九三学社的前身是民主科学座谈会,抗战时期由许德珩先生等在重庆发起,我本人也经常参加。1945年9月3日,为了纪念中国抗日战争和世界反法西斯战争的胜利,我们召开了'九三座谈会',决定筹组'九三学社'这一主张爱国、民主、科学的政治团体,主要成员是科学技术界的高、中级知识分子,是与中国共产党亲密合作、致力于新中国各项事业建设的参政党。我自前年起担任上海分社的主任委员。我们九三学社以《中国人民政治协商会议共同纲领》作为自己的政治纲领,参加国家政协,参与国是协商,为国家建设、为中华民族的复兴出力献策……"

"好!只要对国家的建设有帮助,对强国富民有利,我愿意参加九三学社……"卢鹤绂作了肯定的回答。

于是,在卢于道的介绍下,卢鹤绂正式加入了九三学社,并成为其中的骨干力量。

卢鹤绂到复旦大学任教的初期,正赶上全国掀起学习苏联经验的热潮,他便用英文书《科学俄文》自学俄文,并且在很短的时间内就可以阅读俄文书刊。卢鹤绂同陈传璋合译了米哈林著的《积分方程及其应用》(上、下册)一书,该书于1955年由商务印书馆出版。他还参与翻译了史包尔斯基所著的《原子物理学》一书,该书于1959年由中国高等教育出版社出版。

1954年,卢鹤绂受命担任了复旦大学分子物理教研组主任。教学之余,他又开始研究分子理论,卢鹤绂用分子论的观点研究自己的容变粘滞性理论对所有热、结构、化学三种分子弛豫过程的普遍性,论证了他自己关于容变粘滞性系数定义的合理性,并扩充了爱因斯坦的化学弛豫学说。后来,他把这一项成果以《关于流体的容变粘滞弹性理论及其声吸收现象中的应用》为题,发表在1956年《物理学报》第12卷第1期第5页至19页上。

这个时期,卢鹤绂在复旦大学还讲授"核物理"课程,并在课余之暇进行核理论方面的研究。他采用费米气核统计模型,研究铀 235 裂变时发出的中子数,取得了令人赞叹的成就。在深入研究各种裂变方式的假说后,卢鹤绂发现,用放射链长度相等的假定,能够取得与事实相符的结果,遂同姚震黄联名,撰写成《关于热能中子所致铀 235 分裂时发出的中子数目的讨论》一文,发表在 1955 年《物理学报》第 11 卷第 3 期第 199 页至 205 页上。这是在世界上首次公开发表用费米气核统计模型估算铀 235 裂变时发出的中子数,比美国科学家黎赫曼所做的全面计算要早得多。

卢鹤绂的这一重要研究成果,其主要结论是:

(1) 根据已有实验数据的计算,理论上 ν 超过 3 已属于不可能,更谈不到 6 了。

(2) 仅分裂所得两放射系长短相同的假设能在今日认为是正确数据的估计下给出 ν 大于 2 的结果。

(3) 轻部分多放出些中子的一件事不容易理解,根据正确数据的计算所示恰与此相反。但是,如果铀 235 的质量增大或裂变物总动能减少了 5 兆电子伏特,则这事在理论上就不是不可能了。

(4) 假定(2)不能给出 ν 大于 2 的结果,故单就费米气模型考察 ν 的数据来说,质子壳的模型可能是不合实际,但我们要留意它原来就与费米气模型很有些不一致。

卢鹤绂的这篇重要论文,在 1961 年德国巨著《物理学大全》声学部分第 159 页上被引用。

1959 年,美国《流体物理》月刊,也认可了卢鹤绂的这一重要发现。

第九章　赴北京大学办特殊训练班

卢鹤绂在担任上海复旦大学分子物理教研组主任后,根据复旦大学领导的要求,先后主持开办了电光源培训班、原子能培训班、红外线培训班等,为飞速发展的祖国建设事业,加速培训了一批亟需的人才。

其时,国际核物理研究的"黄金时代"已经过去,自二战之后,科学家们就大都转向了新的领域。分子物理作为一个新的独立分支学科,开始成为研究热点,固体物理、半导体物理、材料科学等都与分子物理密不可分。苏联也是于1955年才新设分子物理学科,而卢鹤绂却早已涉足这一领域了。他于1950年发表《容变粘滞性之唯象理论》,此后又发表了一系列论文,并推导出关于流体力学理论的"弛豫压缩基本方程",被国际上誉为"卢鹤绂不可逆性方程",对分子物理学的贡献有目共睹。

1954年,卢鹤绂在复旦大学开始筹建"分子物理"专业,着手开展对液体结构、表面现象等的理论、实验及应用的研究。他还亲自带领学生们到冶金陶瓷研究所等单位进行实地调研。

1955年夏,卢鹤绂忙于创办的物理系分子物理专业,助教们已备好课,学生们已分好班,只等按时开学了。这时,学校领导突然派人把他叫到办公室,亲切地说:"刚刚接到北京高教部的通知,调你去北京工作。"

"去北京做什么工作?"卢鹤绂感到很突然,便问了一句。

"去执行一项特殊的使命。你立即动身先去,家属随后也要到北京……"

卢鹤绂之所以突然被调到北京工作,是因为此时中共中央、国务院和中央军委作出了一项重大的战略部署。由于在朝鲜战争期间,美军总司令麦克阿瑟曾叫嚣要对中国投放原子弹,党和国家领导人对战争前期美国的核讹诈印象深刻。要想消灭核讹诈,那就必须先拥有原子弹。因此,根据当时的国际形势,党中央、国务院和中央军委决定发展我们自己的核武器。1955年1月15日,毛泽东主席主持召开中共中央书记处扩大会议,专门研究发展原子能科学问题。

为此,中央领导曾向苏联提出要求,请苏联向中国选派核能专家。苏方回答说:"你们中国自己就拥有核能方面的顶尖级专家,为什么还要向我们要?"

"谁?"

"卢鹤绂!"

由于卢鹤绂在原子物理科研上的一系列杰出的成就,特别是他在1941年的博士论文涉及了美国制造世界上第一批原子弹和原子核反应堆的秘密,新中国的核科学研究注定要由他承担"振兴中华"的重要历史使命。

就是在这样的国际国内大形势下,卢鹤绂的名字引起了新中国高层领导的注意,并决定调他进北京工作,承担一项极其重要的特殊使命。

卢鹤绂风尘仆仆地从上海赶到了北京。他下车后便急匆匆地来到国家高教部报到,高教部的负责同志很热情地给他倒水沏茶。落座后,高教部的负责人很亲切地对他说:"中央决定调你到北京大学工作,承担一项特殊的工作任务,具体事宜,你到北京大学后会有人做出安排……"

"好!我立即去北京大学报到,尽快投入到新的工作当中去。"卢鹤绂的回答掷地有声。

高教部派专车将卢鹤绂送到北京大学。卢鹤绂到达北京大学后,有关负责同志把他带到一个保密机构——中子物理教研室工作。那位负责同志对卢鹤绂说:"你在这里放心地开展工作,不必有什么后顾之忧,你的家庭生活由组织上全面照顾。"

这期间,组织上对卢鹤绂的家庭照顾得非常周到,安排朱光亚定期去卢鹤绂家里送生活费,以妥善解决一家老小的生活问题。

卢鹤绂在北京大学中子物理教研室立即着手开始工作。他受命举办学习班,讲授"中子物理学"和"加速器原理"两门课程,以加速培养国家亟需的核物理研究方面的人才。

经过一番紧张的筹备,第一期学习班如期开学。为了绝对保密,这个学习班在组建时就确定了一个绝密的代号——"546"培训班。学生既算是科学院的人,又发给北大校徽,在中科院的一座独立小楼里上课。对外,则只有一个"546信箱"的机构代号。

这个不同寻常的学习班就设在卢鹤绂任教的中子物理学教研室内。

初次进入学习班的成员,真可谓人才济济。其中一部分是回国的曾留学苏联、东欧一些国家的科技人员,还有一部分是经过中美外交谈判归国的一批留学欧洲和美国的科学家。与此同时,中央从北京大学、复旦大学、吉林大学、武汉大学、中山大学等全国一流高校四年级学生中选拔出数百名佼佼者,从全国工程技术人员中挑选了90余名精英骨干,还选拔了部分中国人民解放军高级将领,其中包括日后的核基地司令员张爱萍将军。

卢鹤绂在这个特殊的时期受命,深感责任重大。由于领导交给的讲授"中子物理学"和"加速器原理"两门课程的任务,他过去从未专题讲授过,而且当时在国内外也没有一本专著可以参考,卢鹤绂只好利用自己历年积累的资料卡片,并查找、参考了中国科学院所藏外文杂志中散见的一些论文,昼夜突击,赶写出7本讲义。那些日子,知情的人都知道,在北京大学中关园的教职工宿舍里,有一盏彻夜不灭的灯,那是灯下的卢鹤绂在伏案通宵达旦地备课,持续不停地工作……当远处的汽车鸣笛声划破寂静的夜空,东方的启明星冉冉升起的时候,卢鹤绂才歇下手来,和衣稍睡片刻。那时候,卢鹤绂常常两眼挂着血丝,仍然精神抖擞地登上讲台,用抑扬顿挫的声调,有力地比划着手势,向聚精会神的学员们讲授着大规模开发原子能的科学知识……

在这个全国乃至世界顶尖级的培训学习班里,卢鹤绂不仅讲授了"中子物理学"、"加速器原理"两门课程,而且还讲授了"核物理"、"磁流体力学"、"等离子体物理学"等课程。尽管是在全国一流的北京大学,当时的实验室也是异常的简陋,有些实验根本无法进行,所以教学的难度非常大。为了弥补无法实验的不足,卢鹤绂在讲课时,常常把重点难点,特别是需要实验进行验证的内容反复讲解,他采取深入浅出、形象生动的讲解,使学员们像是随他去实验室走了一趟、亲手进行了实验一样印象深刻。对于难以理解的很多核物理过程,经过他的反复讲解,学员们理解透彻,能准确掌握。

卢鹤绂在讲授"核物理"的那段不寻常的日子里,为了使学员能够真正掌握知识,经常把学员叫到自己的办公室或者宿舍里,要学员们一一汇报学习心得。他侧耳仔细听,用深邃的甚至多少带点儿狡黠的目光,注视着学员们的神态表情。听完学员们的汇报,他总是提出连珠炮似的发问,要学员们一一作出回答,含糊其辞是不行的。卢鹤绂常常把被他考得张口结舌的学员,一把按到椅子上,然后拿起笔,一边写,一边讲,直到学员彻底弄懂记清才肯罢休。

其时北京的夏天异常炎热,可是每逢轮到卢鹤绂上课,学员们全都聚精会神地听讲,课堂气氛既严肃认真又异常活跃。卢鹤绂所讲的每一堂课,都很有个性,生动有趣,引人入胜。例如,在讲解"加速器原理"中的稳相原理时,卢鹤绂将其形象地归纳为一句通俗易懂的话:走小圈,挨大打;走大圈,挨小打。这句话一时成为"名言"在听课的学生中广为流传,以至于学生们几十年后仍然清楚地记得。他在授课中间还时常会说上一两句幽默的俏皮话,有的时候还会结合他深厚的京剧票友的积淀,来上那么一两句唱段,使课堂气氛生动活泼,让学员们在轻松愉悦的氛围中,消化吸收深奥的知识。有一次,讲解中子物理学当中的"无规荡步"(random walk),一时讲得兴起,卢鹤绂突然在讲台上走起京剧台步,口中则用京剧道白念念有词:"无规荡步……"听起来活脱脱就是"乌龟荡步",登时笑翻全场。同学们终生都难以忘记"无规荡步"的有关知识,甚至在考试时看到这个名词,都不禁莞尔。当时师生关系融洽,课堂气氛良好,200多人的大教室鸦雀无声,再加上卢鹤绂声音洪亮,授课从来不需要麦克风。助教每次上课前都会提前为卢鹤绂沏上热茶,由于卢鹤绂在讲台上屡屡提到哈密顿量(Hamiltonian),那杯热茶就被学生们戏称为"卢先生的哈密汤"了。

由卢鹤绂主讲的"546"培训班,共办了两期,为新中国核能的发展培养了亟需的高级技术人才。

卢鹤绂在北京大学除了给"546"培训班的学员授课外,还应中科院研究所的邀请,作了一系列统计物理学方面的讲座。

1956年,由于教学、科研成就突出,卢鹤绂被评为国家一级教授,并担任了中子物理学教研组主任,当时他只有42岁,是全国最年轻的一级教授。

这期间,卢鹤绂在北京大学中子物理教研室一边教学,一边利用课余时间继续进行科学研究。他在1956年的《物理学报》第12卷第1期发表了《关于流体的容变粘滞弹性理论及其在声吸收现象中的应用》,他在该文的摘要中写道:

"这篇论文里我们证明,与某些作者所了解的不同,流体的容变粘滞弹性理论不仅仅是在结构弛豫的情况中有效,而是对所有三种弛豫——热弛豫、结构弛豫与化学弛豫都是同样有效的。从我们的容变不可逆性方程可以推到 Herzfeld 与 Rice 原为热弛豫所假定的热不可逆性方程，又可以证明的是化学弛豫的情况中我们的容变不可逆方程也包含着 Liebermann 由分子运动理论考究所得到的化学不可逆性方程。

关于这理论在声吸收及速变现象中的应用，我们证明利用适当的热力学考究便可以从我们的压缩性理论所给的结果直接推导在热弛豫情况下有效的 Boutgin-Kneser 方程及其在化学弛豫情况下可以有效的 Liebermann 方程。这个推导并揭示出 Liebermann 的声吸收方程仅对液体来说是一个良好的近似。"

我们附带地指出，在气体的情况下，某些已发表的声吸收及速变的实际测量结果的准确度已可以使我们从这些结果来算定气体的静态与立刻两压缩系数 β_0 及 β_∞，从而确定热容量的两比值 γ_0 及 γ_∞ 与外态内态两热容量 $C^{(e)}$ 及 $C^{(i)}$。这样我们又能从这些结果取得一些有关分子结构及分子碰撞过程中能量转移的结论。

最后，我们讨论了容变粘滞系数的定义的适当性。"

卢鹤绂的上述论文又在同年的《中国科学》第 12 卷第 1 期第 33 至 48 页上发表。

1955 年一个秋高气爽的日子，吴润辉携 3 个孩子来到北京。吴润辉已调入北京一所大学附属学校任校医。卢鹤绂将他们母子 4 人接到北京大学中关园教职工宿舍的家中，吴润辉立即动手将屋里屋外拾掇得干干净净，将屋内布置得井井有条。

星期天，卢鹤绂难得有一个休息的日子，他陪同夫人和孩子们游览

第九章　赴北京大学办特殊训练班

了北京大学的校园,并在校园合影留念。

到北京后,吴润辉在工作之余自然承担起了全部的家长职责,卢鹤绂把全部的精力都用于"546"培训班的教学工作上,极少有空闲时间陪家人游览北京的名胜古迹。直到培训班结束后,他才抽出一点宝贵的时间带领全家人游览了天安门、故宫、颐和园、北海等地,并分别合影留念。

全家合影(1956年)

这时候，国际形势发生了重大变化，中共中央和国务院根据新的国际形势的需要，决定加快原子弹研制的进程。

1955年至1958年，重水反应堆、回旋加速器等重要设备在北京西郊房山相继建成。

1957年，物理学家杨澄中等负责建立了中科院兰州近代物理所。

1959年，卢鹤绂等人负责组建了上海原子核研究所。

此外，中国还参加了设在苏联杜布纳森林的"联合原子核研究所"。

1957年的夏秋之交，由卢鹤绂参与培训的两个突击培训班圆满结束。经卢鹤绂亲手培养的这些新中国的原子能科技学子们，成为新中国原子能事业的精英，培训班一结束，他们立即奔赴国家亟需的第一线，发挥着重要作用。

据有关文献记载：

1959年，王淦昌、彭桓武、朱光亚、邓稼先、周光召、郭永怀等一批杰出的科学家进入核武器研究机构工作。

1963年，彭桓武、邓稼先、周光召等完成了原子弹的理论设计。

在王淦昌、陈能宽等主持下，进行了爆轰物理试验。

在钱三强领导下，进行了中子物理和放射化学的研究。

在郭永怀、龙文光等主持下，完成了核装置结构。

同时，我国建成的3座铀矿山及5个原子能工厂也相继投产，聚合爆轰试验等重要技术难关均已被攻破。

1964年10月16日15时，在新疆罗布泊，中国成功爆炸第一颗原子弹。举世震惊。

中国成为拥有核武器的大国，由卢鹤绂亲手培训的"546"培训班的学员们发挥了很大的作用。1999年，中共中央、国务院及中央军委授予23位科技专家"两弹一星"功勋奖章，其中，后来由中共中央总书记、国家主席江泽民亲手颁发奖章的11位"两弹一星功勋"中，有7位是"546"培训班的学员。毫无疑问，卢鹤绂为培养新中国第一代原子科学骨干做出了不可磨灭的贡献。

第十章　重新回到复旦大学

1957年初秋的一天,在北京大学"546"培训班结业的典礼上,有关领导宣布:"546"培训班的学员及教师全部奔赴中国大西北的原子弹实验基地,接受新的任务。

卢鹤绂本人认为自己的长处是理论研究和教学,他所教授的"546"培训班的学员,完全能够承担原子弹的具体研制任务,他本人不必要去基地……

提起原子弹,卢鹤绂脑海里时时浮现出的,是广岛、长崎遭轰炸时惨绝人寰的情形。有关原子弹的几件事也让他感同身受。主持"曼哈顿计划"的奥本海默,在核爆成功后就后悔了,他低头叹息:"这无疑打开了潘多拉魔盒。"当爱因斯坦得知广岛遭原子弹轰炸的消息时,感到极度震惊,作为推动美国开始原子弹研究者之一,爱因斯坦不无遗憾地说:"我现在最大的感受就是后悔,后悔当初不该给罗斯福总统写那封信。……我当时是想把原子弹这一罪恶的杀人工具从疯子希特勒手里抢过来,想不到现在又将它送到了另一个疯子手里。……我们为什么要将几万无辜的男女老幼,作为这个新炸弹的活靶子呢?!"参与"曼哈顿计划"的科学家都非常后悔,因为,他们亲手创造的是一种能毁灭人类的武器。

而卢鹤绂最希望看到的,是和平利用核能造福人类的画面。他在1947年发表的《从铀之分裂谈到原子弹》一文中就曾经写道:"前节所论,乃就为人间谋幸福之目标以求能发明稳妥利用核能之机器,事属建设。……为斗争谋战器之目标以求能制造迅速利用核能之炸弹,事属破坏。虽此次大战之拖延促其先得出现,然已成建设难而破坏易之例证矣。"

为此,卢鹤绂首先找到了高教部部长蒋南翔,详细地陈述了自己的想法。蒋南翔认真听取了卢鹤绂的陈述,没有答应他的要求。

接着,卢鹤绂又找到二机部部长宋任穷,汇报了自己的想法,宋任穷也没有给卢鹤绂做出明确的回答。

卢鹤绂从二机部回到办公室后,拿起笔给中央领导写了信,信中说明他的专长是基础理论的研究,只有科研和教书才能真正发挥他的作用,希望领导能够批准他回到上海复旦大学,继续从事科学研究和教育工作。

二机部部长宋任穷看了卢鹤绂的信后,亲自将信呈送给国务院总理周恩来。

周恩来总理认真阅读了卢鹤绂的信,并做出了批示:卢鹤绂教授是民主人士,他要求回上海复旦大学教学,我们应该尊重卢先生的意见……

在周恩来总理的同意和关照下,1957年秋天卢鹤绂自己先回到上海复旦大学,住进了复旦大学第一宿舍。

1958年春天,卢鹤绂的夫人吴润辉带着3个孩子,从北京乘火车也回到了上海。吴润辉被安排到新华医院工作。

卢鹤绂回到上海复旦大学后,根据组织安排,负责理论物理教研组,任教研组主任,并开始讲授"核理论"课程。

入夏,大跃进运动开始。卢鹤绂被任命为原子核物理教研组主任,参与了上海复旦大学原子系的筹建工作,为了保密,这个系对外只用代号"物理二系"。物理二系的建筑是一个封闭的环形院落,四周有"护城河",进出只有一条路,门岗森严。与物理系高大精美的建筑相比,二系的房子简陋不堪,面积也刚及物理楼的一半,但其造价却远高于物理楼,因为里面配备了核物理实验室、放化实验室等,不但材料特殊,建筑施工更是要求严格。

物理二系招生的考分是全校最高的,进入二系读书的学生都备感自豪。卢鹤绂开始给学生们讲授关于加速器、同位素分离、粒子探测等的专题课程,在大学的教室内继续为新中国培养原子核能方面的专门人才。

卢鹤绂除了在复旦大学讲授核理论外,还受命给上海市的工程师们讲授回旋加速器及原子核链式裂变反应堆结构的原理,受到工程师们的热烈欢迎。

不久,复旦大学新建教职工宿舍工程完成,卢鹤绂分到了一套新房子,他们一家人迁到了第九宿舍十六号。这是一套在二楼的5间房子的新寓所,入住后,房子比较宽敞,夫人吴润辉终于可以给他收拾出一个完整的房间,作为专用书房了。书房的书架有3大层,卢鹤绂亲手收拾,各贴了标签,最上层是"分子与液体理论",中层是"原子",下层是"原子核"。这形象地反映出卢鹤绂的研究意向。因为此时的原子核理论已基本成熟,而液体结构问题,国际上理论成果也还很少,如能有所创建,则必定独步世界。

卢鹤绂居住过的复旦大学第九宿舍16号寓所(1958—1982年)

复旦大学第九宿舍前留影（1964年10月）

全家合影（1966年）

自左至右：卢永亮　卢永江　卢鹤绂　卢永强　吴润辉　卢永芳

1958年，卢鹤绂与陈传璋合作，翻译了由米哈林所著的《积分方程及其应用》（上、下册），由商务印书馆出版发行。

1959年，卢鹤绂应少年儿童出版社的要求，为《科学家谈二十一世纪》撰写了《原子能事业的壮丽前景》一文，由少年儿童出版社出版发行。为少年儿童普及物理知识，是卢鹤绂一直热衷的。后来，他又于1978年为《从小爱科学》撰写了《为什么要学习物理学》一文，由少年儿童出版社出版发行。

这期间，苏联在中苏友好大厦（现上海展览馆）举办了"和平利用核能展览会"，这是国际上关于受控热核反应（核聚变）研究的首次解密，举世瞩目。要知道，原子弹用的是核裂变原理，即不受控的爆炸；受控的核裂变可以用于发电，即核电站；氢弹用的是核聚变原理，其威力超过原子弹百倍。如果受控核聚变能够真的实现，也可用于发电，而且只需用少量的重水为原料，就可以产生几乎用之不竭的电能，且无任何污染。如此一来，困扰人类的能源问题将一劳永逸地解决，如此前景，令全世界都在疯狂进行研究。

然而，卢鹤绂却没有陷入盲目狂热，经过审慎研究，他冷静地指出，受控核聚变的理论根据尚不能令人完全信服，对其能否成功深感怀疑。事实也证明了卢鹤绂的远见，半个多世纪过去了，直到今天，受控核聚变仍然处于可行性研究阶段。但是，当年的卢鹤绂仍然按照上级的要求，会同上海师范学院、华东师范大学物理系及复旦大学的5个青年助教，开始进行全面调查研究，以决定如何着手进行。他们在深入调查的基础上开始了"等离子体受控热核反应"的课题研究。这期间，卢鹤绂讲授"磁流体力学"、"等离子体力学"两门课，并组织指导汇编当时中外最新的研究论文。在研读了当时能找到的世界各国几乎所有解密材料的基础上，卢鹤绂开始主编《受控热核反应——理论基础及探索成就》一书，此书于1962年8月由上海科学技术出版社出版发行。

《受控热核反应》一书被视为中国科学界的骄傲。在当时极端困难的条件下,就世界范围来讲,能从1958年解密出现的几千篇论文中,总结出如此全面的书是没有的。而且,当时正值三年自然灾害时期,政治上偏"左",知识分子受到方方面面的压力,主编这本书确实是极其不容易的。

20世纪70年代之后,我国正式开展受控热核反应研究时,几乎所有人都是从研读这本书起步的。尤为难能可贵的是,卢鹤绂从对受控热核反应的研究中,研判出一些未来将大有前途的新兴应用技术,如等离子体。等离子体在今天已是我们生活不可或缺的科技成果,小到照明灯管、电视屏幕,大到工业切割、隐形飞机……也许可以这么说,中国本土的等离子体研究,可以追根溯源到卢鹤绂主编的《受控热核反应》。

在对受控热核反应的研究中,卢鹤绂把当时国外正在进行的实验分成3大类,即快脉冲、慢脉冲、稳态,他把注意力集中在两大致命伤上:等离子体表面不稳定性和反常扩散。卢鹤绂对当时似有希望的美国三柱器进行了磁流体动力学计算,论证了这一装置仍受到磁流体不稳定性的限制,并把计算结果以《柱形片状等离子体的稳定性》为题,发表在《复旦大学自然科学学报》1959年第2期第88页到第98页上。

当时的中国,天灾人祸一齐袭来,国家正值最困难的时期。卢鹤绂主持的研究人员每月安排一天去市里报告、讨论,中午大家一起到食堂就餐,吃得非常简单,常常填不饱肚子。但是,卢鹤绂依然非常乐观,他虽然也没有吃饱,却总是乐呵呵地说:"吃不饱,这算什么,总归还是有饭吃嘛。这比抗战时期好多了!"

这期间,卢鹤绂还指导研究生神承复在高频放电实验中探索等离子体反常扩散的存在,得出了支持美国发现的结论。他还指导了研究生王炎森对高温等离子体和幽禁磁场间交界面能否稳定存在这一关键性问题,进行了微观理论的计算,结果由于不可能排除径向电场的产生,否定了稳态装置的可行性,这一结果与美国同期所得研究结论相符

第十章 重新回到复旦大学

与青年教师讨论学术问题

合。但是，由于当时强调干实事，不鼓励写论文，故而未曾正式发表关于这两项工作的论文。

1960年，卢鹤绂被任命为中国科学院原子核研究所（上海）副所长兼一室主任，全面负责业务、科研和技术工作。作为主要筹建人之一，他亲历了原子核所从无到有发展壮大的全过程。当时的物理人才大都留在了北京，分配来的除了个别人有两三年的技术工作经验，其他都是数学系的大三学生，基本都是门外汉。于是，卢鹤绂手把手地带着他们查资料、学理论、搞实验。同时，他还牵头组织一批专家、教授确定了研究方向，那就是以低能核物理和放射性同位素、射线应用研究为主，相应开展原子能化学以及加速器、核探测器等仪器仪表的研究。此后几十年的实践证明，这一研究方向是正确的，完全符合国际潮流和中国实际，也为原子核所日后的快速突破、取得新成就打下了坚实的基础。为了搞好科研管理，卢鹤绂制订了一套严格的科技档案管理制度，任何科研项目，都要先写出详尽的调研报告，附上具体研究方案，经所长审批后方可上马；进入研究阶段，每个过程都要有详细记录；课题结束后要写出全面的工作报告，最后写出论文。

1960年底至1961年初，"中国第一届和平利用原子能会议"在北京前门饭店召开。虽然称为"第一届"，其实这个会议中国也只开了这一届。卢鹤绂代表原子核所与会，并担任高能核物理分会场主持人，可见他在全国物理学界的名望和分量。

这期间，卢鹤绂把主要精力放在教学上，他对学生们说："知而告人，告而以实，仁信也。这是我做人、做学问的信条，也是我一生所遵循的原则。……我无论何时何地，也不论是授课、谈话、开会，还是演讲，也不论是著书、撰文，总是首先向听众或者是读者敞开心扉，真实地报告自己的见解学识。我本人没有不可告人之言，更没有不可告人之事……"

由于在教学和科研中的杰出成就，卢鹤绂于1962年受聘为国家科学技术委员会物理组组长；更因为为人的诚信和高尚的品质，他在1964年当选为中华人民共和国第三届全国人民代表大会代表，赴北京参加全国人大第三次全体会议。在讨论发言时，卢鹤绂呼吁高等院校应当高度重视通才教育。他指出，现在高校的专业分得太细，学生的知识面偏窄，这样根基不深广，难以长成大树。大学宜于分成两个阶段：第一阶段打基础，课程不分专业，如物理就是物理，不必分普通物理、原子能物理、半导体物理等，应一律全学，以便相互联系、融会贯通；第二阶段才学专业课程，细分专业是读研究生阶段的事。在师资力量分配上，卢鹤绂提出老教师有经验，理解力强，但是精力差，记忆力衰退；年青人记性好，精力充沛。因此建议年纪大的教基础课，年青的教专业课程。

卢鹤绂在教学和科研时，依然表现出对京剧艺术的酷爱，他时常会在休息时，兴之所至唱上一两段京戏，旁边的观众拍手叫好。他还

卢鹤绂当选为中华人民共和国第三届全国人大代表(1964年)

应邀在复旦大学校园的礼堂内两次登台,先后演出了京剧《空城计》和《大登殿》,清亮的嗓音以及堪称精湛的做功、唱腔,深深地吸引了台下的观众,大家在欢笑的同时爆发出热烈的掌声。

第十一章 文革初期艰难的岁月

1966年夏的一天，卢鹤绂正在给物理二系的学生们讲授同位素分离的课程，突然有人冲进教室，大声喊道："同学们，快到外边去看大字报啊……"

学生们一齐跑出教室，争相去看校园内贴满的大字报。

一场政治大风暴铺天盖地突然袭来，所谓的"无产阶级文化大革命"运动轰轰烈烈地开始了。学校开始停课闹革命，狂热的造反派开始横扫一切，许多无辜的人遭到了无情的鞭挞和批判。作为中国的高级知识分子，又是留美归国的大学教授，卢鹤绂在这场风暴中自然不能幸免。运动开始时，一个专门为批判卢鹤绂而准备的教室，曾长时间空闲着，批判他的大字报也是寥寥无几。

但是，忽然在一夜之间，校园内布满了批判卢鹤绂的大字报。墙上贴的，四处挂的，整个校园密密麻麻。卢鹤绂早上一进校园，看到此番情景，内心十分震惊。

过了几天，有人把这些大字报移到了物理系，不再对外公开。但是新增加的大字报对卢鹤绂的批判加剧，批判的内容主要是崇洋媚外，宣扬资产阶级学术思想，等等，强加的罪名是里通外国的大洋奴。卢鹤绂看了，惊吓得双臂流汗，内心则十分不解。

1966年夏末，造反派们专门组织了一次批判"知识私有"的专题批判大会，面对造反派的质问，卢鹤绂顶着逆风恶浪，十分坦言地回答：

第十一章 文革初期艰难的岁月

"知识是最不私有的。知识分子的研究成果都想尽快发表,让大家知道,怎么会私有呢?"

卢鹤绂的一席话,使造反派们你看看我,我看看你,张口结舌,无法回答。

有天晚上,包括卢鹤绂在内的一批教授被关进了一个大会堂,刚进去,突然有人悄悄告诉卢鹤绂:"你快回家!"卢鹤绂闻言马上离开了会堂。他一离开,大门就关上了,灯也熄了,接着会堂里传出打人的声音,这群教授被打了!家里的吴润辉放心不下,让二儿子卢永亮去找一找父亲,卢永亮在复旦校园里转了一大圈,没见到父亲,心烦意乱地回到家,进门却发现父亲安然坐在家里,正给吴润辉讲刚刚发生的奇事。

又有一次,在物理二系全系师生批判大会上,有人将卢鹤绂冠以反动权威批判。有的造反派甚至要冲上台让卢鹤绂弯腰、低头,"坐喷气式飞机",但立即有人走上前,阻止了造反派的过激行为。

卢鹤绂感叹,所幸革命群众没有动手,对他的身体未加迫害。事后得知,这是远在北京的周恩来总理,通过上海的有关部门暗中安排了对卢鹤绂的保护。

在此后的日子里,卢鹤绂清闲下来,他每日到物理二系的院中上班,上午参加劳动,下午参加学习。一直到1967年的2月,系党总支贴出布告,宣布卢鹤绂被平反。

1966年夏天,卢鹤绂在接受批判的时候,他的大儿子卢永强从复旦大学物理二系毕业,开始对口分配到原子核所,竟然因为政审不合格不被接受,于是又被分配到江西宜春工作。临行那天,卢鹤绂和吴润辉一起送卢永强到火车站,夫妇两人对儿子千叮咛万嘱咐,临上车时,卢鹤绂又拍着儿子的肩膀说:"永强,你到江西宜春工作后要知道自己照顾自己,对家中不要挂念,更不要挂念我……在工作岗位上要听领导的话,好好工作……"

卢永强到江西宜春后工作积极,颇有成绩,连年被评为先进工作

卢鹤绂夫妇与长子卢永强在书房

者。1968年他与大学时的同学、毕业后留在上海工作的吴嘉静结婚。1969年1月23日,卢永强和吴嘉静生下一个女婴,取名卢嘉,卢嘉成为卢鹤绂的"衣钵传人",在科学界取得一番骄人的成就,这是后话。

1966年一个秋高气爽的日子,卢鹤绂在复旦大学物理二系接受批判回到家中,吴润辉也从新华医院下班回来。吴润辉在新华医院担任护士长,工作繁忙,平日都是回来得比较晚,那天提前下班,是因为家中有一件大喜事。她把卢鹤绂拉到一边,低声说:"永亮今天要把他的女朋友带回来……"

卢鹤绂的眼睛一亮,高兴地说:"永亮有女朋友了?这是大喜事啊……"

话音刚落,在上海交通大学读书的卢永亮带着女朋友回到家里,卢永亮说:"爸爸,妈妈,她是我在交大的同学,名叫马开桂,我们相处交往了一段时间了,感觉彼此很合得来……"

"伯父伯母好!"马开桂十分礼貌地上前问好。

卢鹤绂和吴润辉看到马开桂既大方又漂亮,眉目清秀,身着朴素的

第十一章 文革初期艰难的岁月

学生装,亭亭玉立地站在面前,心中十分中意这位未来的儿媳妇。他们热情地给马开桂沏茶倒水,大家落座后,吴润辉和马开桂交流了一会儿,便起身去准备晚餐,卢鹤绂便亲切地和马开桂拉起了家常。

马开桂事先知道卢鹤绂是大物理学家,初次来到卢永亮家里,心里自然会有一点拘束。待她见卢鹤绂对自己就像对他的孩子一样亲切,问她在交大读什么专业,又问她的父亲是搞什么专业的,在什么单位,从事什么工作等等,全是日常生活、学习和工作上的问题,马开桂顿时就没有了紧张的感觉。

1967年9月7日清晨,卢鹤绂接到了天津来的电报,父亲卢景贵在天津家中不幸病逝。卢鹤绂立即向学校请了假,返回天津为父亲治丧。

据由钱伟长总主编的《中国知名科学家学术成就概览》(天文学卷)载,卢景贵是著名的天文学家、机械工程师,曾任20世纪30年代中国天文学会会员,其著作《高等天文学》是中国第一部现代高等天文学专著。新中国成立后,卢景贵曾任辽宁省政协第一届委员。

虽然学识丰富,但生逢乱世,卢景贵的才能未得到充分施展,但他还是从心里希望把子女们都培养成有文化的人,因此他对子女要求严格,而9个子女也都很争气,全部考上名牌大学,并各有所成。

长子卢鹤绂,字合夫,蜚声海内外的著名科学家,这令卢景贵最引以为豪。

次子卢鹤绅,字子揞,英文名Richard,美国明尼苏达大学毕业,航空工程硕士。先后在纽约长岛共和飞机设计公司(空军)、格鲁曼飞机设计公司(海军)工作,先后设计过P40、P47、F84、F84P、F103、F105、F111B、虹霓客运输机等,他作为原型设计总工程师设计的最著名机型是F14雄猫超音速多用战斗机(《壮志凌云》中汤姆·克鲁斯所驾机型)。

长女卢鹤松,燕京大学历史系毕业。新中国成立后在河北大学任教。

次女卢鹤柏,燕京大学西方文学系毕业。供职于天津中纺四厂(解放前称达生纱厂)。

三子卢鹤绶,天津工商学院国贸系毕业,在天津电话设备厂(解放前称中天电机厂)从事外贸工作。

三女卢鹤桐,北京大学肄业。

四子卢鹤绚,天津工商学院建筑系毕业,曾任张家口建筑工程学院副院长,后调天津建筑工程设计院任总工程师。

五子卢鹤纹,1947年考入燕京大学,同年转南开大学经济系学习。1950年毕业后在交通部所属单位工作,后在南开大学、天津外贸学院执教。1988年调天津市政协任副秘书长。

六子卢鹤维,现名刘华,先考入燕京大学,后转入清华大学机电工程系,是清华大学地下党组织负责人之一。1953年调任驻苏联大使馆秘书,后任外交部礼宾司副司长及驻尼泊尔、苏丹、土耳其大使等。

卢鹤绂兄弟六人

前排左起:卢鹤绶　卢鹤绂　卢鹤绅
后排左起:卢鹤维(刘华)　卢鹤绚　卢鹤纹

第十一章 文革初期艰难的岁月

1968年秋天,清理阶级队伍运动开始,卢鹤绂被移送到嘉定原子核所,关进牛棚,再次接受所谓的革命群众的批判。他被批为推行刘少奇反革命科研路线的罪魁祸首,如此一来,隔离审查与劳动改造都是必不可少的了。

卢鹤绂和小他15岁的核物理研究室副主任王世明等人一起,在一间单独的所谓隔离审查室里,首先向毛主席像鞠躬请罪,然后坐在小桌前写书面检查材料。白天如此,晚上可以回宿舍休息。为解苦闷,卢鹤绂就哼唱起京剧,唱着唱着心情舒畅起来,声音不觉逐渐大了起来,于是屋外的造反派大喊大叫:"不准唱,不准唱!写检查,写检查!"卢鹤绂故意大声唱上一段,然后暂停一会儿,过一阵子兴致一来又唱起来,造反派在屋外照例又是大喊大叫。如此三番五次,大家倒也都能苦中作乐。

然后便是劳动改造。在原子核所办公楼对面的一块菜地里翻土、锄草、挑水、浇粪……大家照顾卢鹤绂尽量干些轻活,他就与大家谈天说地,从动物、植物的生态,说到人与自然的关系……众人听得津津有味,早把"牛鬼蛇神"的帽子抛到了九霄云外,都随着卢鹤绂的思绪,变得豁达、乐观起来。

1968年秋天,卢鹤绂的三儿子卢永芳高中毕业,时年21岁的他被分配到上海郊县横沙岛插队。临行时,卢鹤绂和吴润辉前去为儿子送行,鼓励他要好好劳动。

卢永芳到横沙岛插队后,生活相当艰苦,他们喝河浜水,吃酱油汤,劳作了一年只挣到200多元钱。卢永芳每次回家,总免不了说一说牢骚话。当时,父亲卢鹤绂正在遭受批斗,心情也极为沉重,但是他心中始终坚信党和国家总有一天会拨乱反正,所以他总是说些鼓励永芳好好工作和学习的话。

卢永芳每次从上海复旦的家返回横沙岛时,父亲卢鹤绂总是默默地陪送儿子上3路电车。有一次凌晨4时送行,永芳看见父亲伫立在站台上,孤单地站在寒星闪烁的夜空下,虽被冷风吹得有些瑟瑟颤抖,但是炯炯有神的目光依然注视着来自远方那幽暗的电车灯光,每次见到邯郸路一带昏黄的灯光朦胧地向前移动,父亲便如同见到了希望一样坚定了起来。卢鹤绂将儿子送上车,又再三嘱咐永芳:"回到横沙岛要好好干,明天会好起来的。"

电车慢慢开动,渐渐远去,永芳回头望着站台上父亲的身影,不由得想起朱自清笔下的名篇《背影》中父亲的形象,不知不觉中热泪滚滚。

1969年2月的一天,在上海原子核所全所大会上,卢鹤绂被宣布解放,其后即被送进本所内的抗日大学学习。在这段不寻常的日子里,遭受人生磨难的卢鹤绂天天在所内的思想改造学校学习。在学习的过程中,卢鹤绂还不忘他的科学研究,他常去东海造船厂,将科学研究放在为工业服务的项目上,并着手解决等离子体除锈的课题,取得了一定的成效。

1969年夏天,上海市委在复旦大学组织理科大批判组,卢鹤绂与苏步青、谈家桢、王福山、全增嘏、周同庆、于同隐等多人被吸收进入。他们每日全天到校,主要任务是对西方学术权威论著进行调查研究及初步批判,倒也成果颇丰。分配给卢鹤绂的主要工作是:参加《爱因斯坦论著选编》的翻译和编选,此书于1973年6月由上海人民出版社出版;参加《自然科学大事年表》的调查编写工作,此书于1975年7月由上海人民出版社出版;调查编写《哥本哈根学派量子论言论摘编》,此书于1975年7月由上海市委印出大字本上送。

1970年夏,卢永亮和马开桂在上海交通大学毕业,两人被分配到辽宁省阜新市的工厂工作。作为新中国的热血青年,卢永亮和马开桂高高兴兴地来到了阜新市,准备大干一番事业。但到了工作单位他们才知道,阜新是中国东北靠近内蒙古的一个边远小城市,极其贫瘠艰苦,用当地人的话说,一年就刮两次风,一次就刮6个月。风沙大的时候牛车都会被刮倒掀翻;天寒地冻,有大半年是棉衣棉裤在身。最大的问题是，北方主食截然不同于南方，南方人爱吃大米，而当地大米的供应量只有 10%。尽管如此艰苦，卢永亮和马开桂还是克服重重困难，在阜新市出色地完成了本职工作，连年被评为先进工作者。除了工作以外，他们最大的心愿是盼望每年 12 天的公费探亲假，可以回上海探望父母，享受南方的生活。然而，探亲假不适合已婚人员，所以他们两人为了不失去仅有的几天探亲假，迟迟不肯结婚。有一年春节期间，他们回上海探亲，卢鹤绂关切地问卢永亮和马开桂："你们相爱多年，为什么还不结婚？"

卢永亮看了一眼马开桂，回答说："爸爸，只要我们结婚了，就不能享受每年一次回上海的探亲假了，连买火车票都成问题，所以……"

卢鹤绂不假思索地打断儿子的话，说："这终归不是个事啊。你们结婚吧，结婚后爸爸妈妈给你们买车票回上海……"

马开桂听了，心里非常感动，哪一家的父母会如此疼爱自己的孩子？何况自己只是儿媳妇，在二老的心中，媳妇和女儿是没有什么不一样的。

1973 年 1 月 26 日，在卢鹤绂、吴润辉的关爱和催促下，卢永亮和马开桂回到上海举行了婚礼。婚礼是按照上海的风俗举办的，虽然简单朴素，但对一对真心相爱的人来说，双方的父母高兴，全家人喜气洋洋，就是最大的幸福了。

第十二章　喜迎科学的春天

1975年,对中华大地来说是极不平凡的一年。新年伊始,中共中央发出一号文件,任命邓小平为中共中央副主席,兼任中国人民解放军总参谋长。在1月13日至17日召开的四届人大一次会议上,邓小平又被任命为国务院第一副总理。因周恩来总理生病,邓小平主持党中央

中国物理学会年会第三次核物理会议(前排右4,1978年)

和国务院的工作,开始着手对全国各行各业实行全面整顿。就是在邓小平对全国实行全面整顿的大好形势下,上海市物理学会成立,在第一次全体会议上卢鹤绂当选为上海市物理学会理事长,一直连任到1985年,之后担任名誉理事长。

这个时期,国家开始逐渐实行改革开放的政策,卢鹤绂受命以上海市物理学会理事长的身份,多次接待了许多科学界的高层外宾。他亲自接待杨振宁、李政道等贵宾来上海访问,主持了杨振宁、李政道等的学术报告,开展学术交流,并陪同他们在上海参观访问,彼此建立了深厚的感情。

说起李政道,卢鹤绂和他还真是因为浙江大学而有些缘分。卢鹤绂整整比李政道大12岁,两人都属虎。1941年卢鹤绂归国,1943年转至广西大学任教,就在这一年,李政道以同等学力考入因战乱迁入贵州的浙江大学物理系,师从束星北、王淦昌等教授,由此走上物理学之路。1944年,因日军入侵,浙江大学被迫停学。1945年,卢鹤绂受校长竺可

接待诺贝尔物理奖获得者杨振宁来访(1971年)
自左至右:谢希德　卢鹤绂　杨振宁　杨福家

卢鹤绂(左2)会见吴健雄(中)、袁家骝(左3)夫妇(1973年)

桢聘请,转至时在贵州湄潭的浙江大学,任教于物理系。恰在同一年,李政道转学到时在云南昆明的西南联合大学(由从北京南迁的北京大学、清华大学及从天津南迁的南开大学组成)物理系就读二年级,师从吴大猷、叶企孙等教授。如果不是在浙江大学的擦肩而过,卢鹤绂与李政道两人肯定会有一段师生之谊。

与李政道有关的另一趣事,则是源于卢鹤绂严谨、节俭的生活作风。卢鹤绂一生勤俭、朴素,唯一的物质享受就是吸烟,当然吸的也是极其廉价的"飞马"、"大前门"之类,即便如此,他还是恪守着"敬惜字纸"的古训,不舍得随便扔掉香烟壳子,而是将其一张张抚平、积累起来,订成记事小册子。在这种小册子上,卢鹤绂专门仔细记录了每次接待李政道、杨振宁、吴健雄等学术大家,各国物理学家、核物理代表团,以及与他们会见、交流、举行报告会等的情况,俨然成了一本"物理对外交流大事记"。也许,卢鹤绂是在不自觉地用这种独特的方式表明,由这些学术交流所带来的精神享受,如同吸烟给他带来的物质享受一样令人愉悦,并且更胜一筹。

第十二章 喜迎科学的春天

卢鹤绂主持李政道的学术报告会(1972年)

与苏步青一起接待日本物理学家坂田昌一来访(1973年)

左1卢鹤绂,左2王福山,左5苏步青,右4坂田昌一

卢鹤绂在担任上海市物理学会理事长期间，积极支持并组织了"近代物理讨论班"，主持讲授了一系列关于粒子理论的讲座，他还亲自到电视台讲课，到有关单位作学术报告。他虽说整日忙忙碌碌，生活却充满了乐趣。

卢鹤绂的讲座在社会上产生了巨大的影响，许多青年人纷纷报名参加物理讨论班。听卢鹤绂讲座的人越来越多，后来不少活跃在粒子物理领域的研究人员，就是因为之前听了他的这些讲座而对粒子物理领域产生兴趣，从而走上科研道路的。

1976年，是中国的多事之年。在这一年里，敬爱的周恩来总理、朱德委员长和伟大领袖毛泽东主席相继逝世，"四人帮"图谋篡夺党和国家的最高权力，在关键时刻党中央采取果断措施，一举粉碎了"四人帮"的阴谋，宣告了所谓的"无产阶级文化大革命"的结束，历时十年的浩劫终于画上了句号。由当时的上海市委倡导的复旦大学理科大批判组也宣布撤销了。卢鹤绂松了一口气，他从心里感到高兴，他又回到了复旦大学物理二系的课堂上，终于可以安心地教学和进行科学研究了。

1978年初，中国人民政治协商会议全国委员会重新恢复工作，新时期的人民政协又焕发出勃勃生机。卢鹤绂当选为中国人民政治协商会议第五届全国委员会委员。

这年的3月3日，卢鹤绂与上海市的其他全国政协委员们一起，乘火车赴北京参加全国政协第五届委员会第一次会议。火车抵达北京站时，卢鹤绂的侄女卢瑜专门赶到车站迎接伯父。卢瑜是四弟卢鹤绚的女儿，她和伯父卢鹤绂的感情极深，每次卢鹤绂来到北京开会，她总是要抽出时间探望伯父，照料伯父的生活，并帮助伯父购买急需的书籍以及生活用品。

全国政协五届一次会议在北京隆重开幕，这是全国政协在所谓的"无产阶级文化大革命"中被停止后恢复召开的第一次全国委员会会议，党和国家领导人都出席了大会开幕式。卢鹤绂心情舒畅地参加了整个会议，聆听了党和国家领导人的重要讲话，他从心里感受到国家安定团结，各行各业焕发出勃勃生机，祖国科学的春天真的来临了。他浑身上下充满了力量，在这次全国政协会议期间，积极参加了各项议程，特别在科技界的分组会议上，他畅所欲言，提出了许多关于发展科学技术的意见和建议，并在大会期间书写了提案。

参加会议期间，《自然》杂志的负责同志找到卢鹤绂，对他说："卢教授，我们杂志社想请您写一篇关于现代物理的文章，不知您是否有时间？"

"可以，我抓紧时间赶写出来。"于是，卢鹤绂利用开会的休息时间，挑灯夜战，突击撰写了题为《蓬勃发展的现代物理学》的长篇理论文章，发表在《自然》杂志5月份的创刊号上。

全国粒子理论研究与自然辩证法研讨会(右3,1978年)

接待美国核化学家、诺贝尔化学奖获得者西博格(1978年)

右1吴浩青,右3卢鹤绂,右4西博格,左4顾翼东

第十二章　喜迎科学的春天

3月中旬，全国政协五届一次会议胜利闭幕，卢鹤绂专程赴天津探望母亲。三妹卢鹤桐和母亲一起居住，照料母亲的生活。

卢鹤绂一进门，看见母亲正在和三妹拉家常，先大叫一声："母亲，大郎又来探母啦！"

母亲崔可言闻声哈哈大笑，她知道，大儿子最拿手的京戏就是《四郎探母》，他这一句诙谐幽默的"大郎探母"，让在场者欢笑不已。

卢鹤绂说："母亲，我在北京刚参加完全国政协会议，特地回来看看您……"

崔可言十分高兴地说："我儿当上全国政协委员了，太好了……"

卢鹤绂坐在母亲身边，陪母亲和三妹说了一会儿话后，便从怀里掏出一沓钱，双手送到母亲手里，说："母亲，这是儿子的一点儿心意。"

崔可言含笑接过钱，说："我还有钱，你又送来这么多……"

"这是儿子孝敬您的，您就留着用吧。"然后卢鹤绂又掏出一沓钱送给三妹卢鹤桐……

卢鹤绂一生非常孝敬父母。父亲健在时，父母的生活费主要由卢鹤绂负担，父亲去世后，母亲的生活费也由卢鹤绂负担，后来在美国的二弟卢鹤绅也主动负担一些，其他弟妹由于自身经济条件有限，只能在逢年过节时表达一下心意，所以卢鹤绂基本上每月都给母亲送钱或者寄钱。逢年过节时，卢鹤绂在给母亲寄钱的同时，也要给三妹另寄一份，因为他想着三妹家的生活比较困难，他作为大哥理应给予帮助。卢鹤绂只要去北京开会，都要抽出时间回天津家中探望母亲，除了给母亲送生活费外，还送些母亲爱吃的点心和所需的生活用品。

1978年12月，中共十一届三中全会胜利召开，全党工作的重点转移到经济建设上来。卢鹤绂认真学习了十一届三中全会的文件，精神倍受鼓舞，他决心为祖国科学的春天做出更大的贡献。他应上海科学技术出版社的要求，利用教学的空闲时间，昼夜奋笔疾书，撰写了《高能粒子物理学漫谈》一书，于1979年11月出版发行。在书中，卢鹤绂对高能物理等学科范畴做了明确界定,全面总结评述了国际高能物理学研究取得的成就,并提出论断:高能粒子物理学是当代物理学的前沿,"大有可能发现更有效地释放巨大能量的办法,其影响之大不无可能胜过40年代中子物理学导致的原子堆的发明"。卢鹤绂还在书中论述了自己的科研宗旨:研究高能粒子现象,根本目的在于要到物质的更深层次上去认识自然,"据此做出科学预言,以指导进一步实践,为大规模改造自然提供手段,为人类谋福利"。

1978年,卢鹤绂还应少年儿童出版社的要求,为《从小爱科学》杂志撰写了《为什么要学习物理学》一文。

卢鹤绂与母亲和弟妹亲属合影(1975年)

卢鹤绂夫妇与母亲崔可言(1985年)

是年底,卢鹤绂为中学物理竞赛电视辅导讲座撰写了《和中学生谈谈怎样学好物理》,并亲自到电视台对广大电视观众讲授,该文章后来在1979年10月公开发表。

这些科普文章的发表,为有志于科学的广大少年儿童走上科研道路,起到了不可替代的启蒙和引领作用。

1979年,一个春光明媚的早晨,卢鹤绂和往常一样,早早起了床,他洗漱完毕,准备到外边晨练散步。刚出门,就看见次子卢永亮和儿媳马开桂带着行李风尘仆仆地赶了回来。

卢永亮和马开桂快步向前,大声说:"爸爸,我们被借调回上海工作了……"

"好哇!你们能借调回上海工作,真是件值得高兴的好事。"卢鹤绂一边说着,一边把卢永亮和马开桂迎进了屋里。

吴润辉高兴地下厨,为儿子和儿媳做了他们平时最喜欢吃的饭菜,全家人围坐在一起用早餐,其乐融融。

这是卢永亮和马开桂离开上海后的第 9 个年头,他们被借调回上海四机厂华东办事处工作。卢永亮和马开桂报到后,被分配参与组建中国电子进出口公司上海分公司。公司组建起来后,卢永亮负责出口方面的业务,马开桂负责进口方面的业务。他们两人的外语水平极佳,因此做这项工作如鱼得水,所负责的业务成绩突出,经济效益很好。

回上海工作后,卢永亮和马开桂与父母住在一起。大学毕业后去辽宁阜新市工作,不能在父母身边尽孝,卢永亮和马开桂心中一直非常内疚。这次回到父母身边,两人每天早起晚睡,尽心尽力地照顾父母。特别是马开桂,每天早晨早早起床,下厨为公婆做一些可口的小菜、点心,亲自端到公婆面前,卢鹤绂、吴润辉吃得特别满意、舒心。

全家福(1975 年)
前排左起:吴润辉　卢 晓　卢 嘉　卢鹤绂
后排左起:马开桂　卢永亮　卢永芳

卢永亮、马开桂亲眼目睹了父亲每天晚饭后都要伏案工作，母亲则坐在父亲的身边帮助查找有关资料。两位老人对工作对事业的无私投入和热爱，特别是那种一丝不苟的精神，让他们夫妻深深地感动……

卢鹤绂对于一切和他工作有关的东西，如书籍、手稿、笔记、报刊等有关资料，视如生命，绝不允许任何人乱动。

有一天中午，全家人都在饭厅吃饭。当时，卢永亮和马开桂的儿子小小刚刚出生几个月，他独自睡在卧室，不知怎样乱蹬乱动，突然翻到了地下。小小受惊大哭起来，马开桂闻声第一个跑进卧室将儿子抱起来。这时候，卢鹤绂也匆忙地几口将饭吃完，急切地赶来，心疼地将孙子接到怀中，抱着他在屋里来回走动，哄孙子不要哭。经过书桌的时候，小小顺手抓过爷爷的一份报纸，用两只小手乱撕，马开桂见了急忙要将报纸从孩子小手里拿下，卢鹤绂忙说："不要紧，让他玩吧。"马开桂知道，这是爷爷心疼孙子，如果在平时，这是绝对不可能的。

还有一次，卢鹤绂刚离开书桌一会儿，小小马上爬到爷爷书桌前的椅子上，学着爷爷平时工作的样子，像模像样地拿着笔，在爷爷正在写的稿子上乱画一气。卢鹤绂回到书房发现了，立即着急地大叫起来，"哎呀！……"马开桂闻声过来一看，知道孩子闯祸了，但是卢鹤绂并没有大发脾气，只是将孙子抱起重重地放到床上，说了一句："小小啊！你喜欢笔，长大后可要好好学习啊……"

从这些事上可以看出卢鹤绂对子女和孙辈是多么的宠爱，这让马开桂至今还念念不忘，每每忆及，阵阵暖流涌上心房。

卢鹤绂对后辈们虽然要求和期望很高，但是态度却非常宽容随和。马开桂清楚地记得，小小在上小学的时候，有一次考试不理想，马开桂看了卷子后很严厉地教训起来，小小见母亲发火了，吓得放声大哭。

卢鹤绂听到孙子的哭声，走过来问："发生了什么事？"

马开桂回答说："小小这次数学考得不理想……"

卢鹤绂又问："考了几分？"

马开桂回答："80分。"

卢鹤绂说:"80分啊,可以了嘛。"

事后卢鹤绂向马开桂解释道:"只要完全理解明白就行了。分数不是主要的,要给他讲道理,教他如何去理解,如何去考试。"

这件事发生后,马开桂想了很多很多,想到过去自己念书的时候,往往只求考高分,常常还会去猜题,结果考试时分数不错,却忽略了真正去理解和掌握知识的重要性。她从父亲教育孙子的这件事中受到了很大启发。

卢鹤绂的长孙女卢嘉,由于受到爷爷、父亲的影响,从小就对物理十分感兴趣,看到书报、杂志上有关物理方面的知识和问题,就喜欢去思考。读初二的时候,卢嘉有一次碰到了一个难题,就去问爷爷:"当两人决斗的时候,同时开枪,子弹速度是一样的,可以同时击倒对方,因为这时候两人都站在地面上,是静止的;如果两人换了个参照系,是在行进的船上,站在船头的人和站在船尾的人同时开枪,子弹的速度是不是会不一样,是不是站在船尾射击的子弹速度会快一些?因为前者是与

卢鹤绂与孙女卢嘉(1994年)

船的前进方向一致的。"卢鹤绂同意了这个看法。

这件事过去了一段时间,忽然有一天下午,卢鹤绂专门找到卢嘉,对她讲,他想了想,以前的看法是错误的。因为站在静止的地面上开枪,和站在流动的物体上开枪,子弹相对参照系的速度是不会变的,自然,子弹本身的速度也应该是一样的。

对这件小事,爷爷如此认真,而且毫不犹豫地说第一次自己的判断是错的,一点也没觉得自己作为一个大物理学家,向读初二的小孙女承认错误有什么不妥,如此真诚的态度,令卢嘉永远铭记,这也直接影响了她日后投身科学研究的态度。

除了学术上的严谨认真,爷爷对文学艺术的喜爱也让卢嘉印象深刻。卢鹤绂虽是留美博士,但他对中国古典文学极为推崇,尤其喜欢《三国演义》,因为他开蒙时上的是传统私塾,国学根底非常扎实,所以他对西方文学不感兴趣,甚至反对儿子和孙女读外国小说。他说《三国演义》好就好在语言精练、没有废话,寥寥数笔就使人物栩栩如生,扼要几段描写就让情节跌宕起伏,并说他自己能将研究成果精练得当地付诸文字,很大程度上得益于熟读《三国演义》,潜移默化学习了它的文字风格。

除了古典文学,卢鹤绂的终生爱好当然是"国粹"京剧。据《燕京大学国剧社史略》一文介绍,卢鹤绂是最早期的社员之一,工文武老生,尤好谭派老生,可登台演出40出谭派戏。20岁时他和同学们公演《琼林宴》,戏票一售而空,演出翌日北平报纸还专门刊登了消息。

卢嘉知道,爷爷每天早起后,都会在书房里压压腿、吊吊嗓;读书、研究感到疲劳了,也会起身踢踢腿、下下腰,以做放松。她还听爸爸说过,爷爷到40多岁时,还能做"抢背"动作,就是武生扎着"长靠"向前斜扑、翻滚。爸爸说,如果爷爷去专业演京剧,也肯定是一流的演员,因为他做什么都有一股认真钻研的劲头。

一个周末,卢嘉和堂弟卢晓在听录音带,爷爷走过来问道:"婷婷,小小,你们在听什么呀?"

卢嘉就把磁带盒拿给爷爷看,是"垄上行"、"是否"等流行歌曲。爷爷摇摇头:"没意思,没意思。"然后打开玻璃柜,拿出谭富英的演出录音带,对孙女、孙子说:"这才好听呐。你们知道吗?京剧老生里数谭派最棒,这个谭富英号称'谭一句'……"

"为什么叫'谭一句'啊?他只会唱一句吗?"卢嘉和卢晓连忙问。小孩子对听戏不感兴趣,但对听故事当然兴味盎然。

"因为呀,他每次上场总会给观众留下一句极精彩的唱腔,且每次都不相同,令观众回味无穷啊。婷婷,小小,你们知道吗?唱戏不光是娱乐,还能增加肺活量,对身体健康很有好处的。爷爷早年到美国留学,刚去的时候做体检,医生检查完了告诉我,你过去患过肺病,现已全部好了。你们猜是什么缘故啊?"

"唱京戏!""增大肺活量!"两个孩子抢着回答。

"对啊! 就是因为爷爷喜欢唱京戏,常常唱京戏的缘故。你们看,京戏多神奇啊。来来来,爷爷教你们唱京戏。"卢鹤绂"启发式"教育成功,兴致勃勃地示范起来:"我本是杨四郎把名姓改换,将杨字改木易匹配良缘……"

卢嘉和卢晓开始还起劲地跟着爷爷"唱",腔调自然不知跑到哪里去了,但是新鲜劲儿一过就心不在焉了,一心只想着听流行歌。见状,卢鹤绂只好叹息摇头,回到书房自唱自乐去了。

多年之后回忆往事,卢嘉还深深遗憾未能像爷爷一样在艺术方面拥有一技之长。当自己也成为物理学家之后,喜欢吟诵唐诗宋词的卢嘉发现,诗词的凝练之美,与物理理论的精巧洗练相映成趣。她更加深刻地体会到,文学艺术之美与科学研究之真,非但不矛盾,反而能够融合统一,互补相通。艺术中蕴含的诗情画意、人生感悟、想象力与跳跃思维,不止让人愉悦精神,涵养身心,更是提供了开阔的观察视角与思维方法。科学研究常与冷清、寂寞相伴,也常常会面临困境,而有了艺术便多了情趣与美丽。爱因斯坦就常从拉小提琴中启发思路;杨振宁思维不畅时会沉浸到唐诗宋词中去;钱学森在遇到难题百思不得其解时,往往是夫人蒋英的歌声使他豁然开朗,研制火箭时的一些想法就是在与艺术家们交流时产生的……

卢嘉知道,许多科学家都会一门乐器,比如爱因斯坦会拉小提琴,费曼会打手鼓,而爷爷卢鹤绂则更胜一筹,能够粉墨登场演出全本京剧。一生求真搞科研,人品高尚可称善,艺术造诣是为美,爷爷真正做到了集真善美于一身。

第十三章 一封来自斯瓦斯莫尔大学的聘函

1979年4月的一天,卢鹤绂在上海复旦大学物理二系的办公室,正在赶写一份讲义,突然感到浑身不适,手也有些颤抖,同事们看到后关切地问:"卢教授,您怎么了?"

"不知什么原因,突然感到有些不舒服。不过也没什么大事,大家请放心。"卢鹤绂放下笔回答道。

"卢教授,您到医院检查一下吧……"同事们力劝卢鹤绂赶紧放下手头的工作,迅速去医院做全面检查。

在同事们的劝说下,卢鹤绂来到华东医院,经过了抽血化验等一系列检查。最后,拿到检查结果的医生对卢鹤绂说:"卢教授,您患有糖尿病,已经有很长时间,必须住院治疗……"

1979年5月2日,在复旦大学的安排下,卢鹤绂住进华东医院,对身体再次进行全面检查,并全面进行糖尿病的治疗。

5月16日上午,医生查完了房,卢鹤绂正坐在床头聚精会神地看一份物理学资料,突然进来一名护士,大声喊道:"卢教授,有您的越洋电话!"

卢鹤绂立即下了床,来到医院的电话旁,拿起话机,里面果然传来了大洋对岸的声音:"是卢鹤绂教授吗?我是美国东部的斯瓦斯莫尔大学物理系的教授毕兰纽克,我们的大学设有一个国际性教授的席位,是校友康奈尔夫妇捐款专门设立的,每年在全球范围内聘请一位荣誉访问教授来校讲学。我们认为,您是远东地区最合适的人选,所以我毫不犹豫地推荐了您……我们的学校董事会已经批准,准备邀请您作为1979—1980学年度的康奈尔荣誉访问教授。这是一个难得的荣誉,整个亚洲,您是唯一的人选,机会难得,请您一定要接受,携夫人前来……"

卢鹤绂心里一惊,随之回答说:"这是一件好事,也感谢您的一片好意,我是愿意前往的……不过,这事我要视工作的安排情况,才能决定是否接受邀请,何时才能前往……"

毕兰纽克教授听了卢鹤绂的回答,回复道:"如果您因工作安排而晚到,也没有关系,您何时到就从何时算起,如果一学年来不及,一学期也可以。半个月后,正式聘书即给您寄去……"

"谢谢您。"卢鹤绂说:"我争取尽快把工作安排好,再和您联系。"

此事来得十分突然。卢鹤绂心想,自己与美国的斯瓦斯莫尔大学素无关系,也与毕兰纽克教授没有什么交往,他只知道毕兰纽克教授是著名科学家,曾经与另一位科学家合作,首次论证了速度大于光速的粒子不违反爱因斯坦狭义相对论,他是怎么想办法把电话直接打到华东医院的病房里的呢?

这件出乎意料的事情让卢鹤绂备感意外。他马上给上海市九三学社主任委员打了一个电话,将整个事情的前后经过陈述一遍后,然后问道:"此事应该如何处理呢?"

"这是一件大好事,对于中美学术交流和双方科研人员交往很有意义。这样吧,此事由我们出面,与上海市委统战部以及复旦大学进行沟通,您就等消息吧……"九三学社主任委员做了肯定的答复。

5月24日,复旦大学党委负责同志找到卢鹤绂,说:"卢教授,美国斯瓦斯莫尔大学聘请您去担任访问教授,这是一件好事。不过,此事要向上级请示。您可以暂缓明确接受,等候正式聘书到达后,由学校外事组报送教育部批示。"

"好的,遵照党委的安排办理此事。"卢鹤绂完全同意复旦大学党委的安排。

5月31日,卢鹤绂在复旦大学物理二系的办公室收到了来自美国的一封信函,打开一看,是斯瓦斯莫尔大学校长弗润德于本月18日发出的聘函,聘函整整两页,邀请卢鹤绂携夫人到该校担任1979年至1980年康奈尔荣誉访问教授,并且言明,第二学期为三年级学生讲授量子物理学研究班(Seminary)课程。聘函里还明确说明,除两人往返飞机票及教学期间寓所由校方提供外,每月付工资2 300美元。

接待诺贝尔物理学奖获得者李政道(1979年)
左卢鹤绂,右李政道

卢鹤绂手拿聘请函,想到自1941年归国后,自己已阔别美国38年,确实应该再去看看,了解一下美国近代物理学的发展情况,同时,借此良机联络中美两国人民之间的感情,增进友谊,也是符合当前形势需要的。但是,此去美国,教学任务相当重,自己身体又不好,因此去与不去的心情参半。犹豫再三,最后决定先报上去,看看教育部如何决定再做打算。

卢鹤绂出席全国政协五届二次全会(前排右4，1979年)

6月4日，卢鹤绂给复旦大学外事组写信，转请有关领导批示，并附上原聘函复印本及中译本各一份。同时，于6月6日将聘函复印本及中译本分别送至九三学社和复旦大学物理二系，等候上级的最后决定。

1979年6月14日至7月4日，卢鹤绂在京出席全国政协五届二次会议，利用会议间隙，于6月30日到教育部外事局找到赵冀处长，问："赵处长，关于我去美国担任访问教授一事，该如何处置？"

赵处长十分热情地给卢鹤绂让了座，又冲了一杯热茶，递给卢鹤绂，微笑着回答："这是一件好事，只是部里近日非常忙，还未研究，请卢教授再等一等吧。"

7月4日，全国政协五届二次会议胜利闭幕后，教育部派专车把卢鹤绂请到部里，副部长黄辛白亲切接见卢鹤绂。黄辛白对卢鹤绂说："你能去美国斯瓦斯莫尔大学担任访问教授，是一件大好事，可以增进中美两国的学术交流和两国人民之间的友谊，教育部是支持的，准备作为特案办理。你就做好赴美国教学的准备吧……"

卢鹤绂在教育部得到了明确支持，从北京回到上海后，即依教育部所嘱,于 7 月 6 日请复旦大学徐余麟同志给美国斯瓦斯莫尔大学打了一个电话:"卢鹤绂教授正准备前往,不日函详。"

1979 年 8 月 28 日,复旦大学接到了教育部 885 号批复公函,同意卢鹤绂应邀携夫人赴美国斯瓦斯莫尔大学讲学一年。

卢鹤绂接到批复公函后,即将应聘函及有关文件交复旦大学外事组,航寄美国斯瓦斯莫尔大学校长弗润德先生。

9 月 6 日,毕兰纽克教授打来越洋电话,向卢鹤绂询问出生地点及出生时间等信息,以便随后寄来 AP66 证明表格。

9 月 17 日,收到美国斯瓦斯莫尔大学教务长赖特的信及表格,卢鹤绂便按要求填写签好 AP66 表格及有关文件,交复旦大学人事处寄给教育部。

10 月中旬,卢鹤绂到北京出席九三学社第三届全国代表大会。会议间隙,教育部副部长浦通修于 23 日下午接见了卢鹤绂等人,郑重地对卢鹤绂说:"你到美国教学时,要通过各种渠道多交朋友,以增进中美两国人民的友好情谊……"

浦通修部长交待完毕后,有人把卢鹤绂带到财务部门,有关人员交给卢鹤绂旅途中的零用钱 400 美元,还把报销所用的表格交给卢鹤绂,以供实报实销之用。

10 月 25 日,九三学社第三届全国代表大会圆满结束,卢鹤绂立即乘飞机回到上海。

第二天,卢鹤绂来到复旦大学物理二系的办公室,看到毕兰纽克教授从美国寄来的他与吴润辉夫妇两人的往返机票,以及预付的旧金山旅馆费的凭证。

卢鹤绂在办理赴美国讲学的签证等有关手续时,美国驻华大使破例亲自接见了卢鹤绂。大使对卢鹤绂明确表示:"您和夫人去美国后,可以长期定居美国,美国政府非常欢迎你们。还会将你们的子女接到美国,妥善安排,让你们一家共享天伦之乐……"

卢鹤绂对此明确表示:"谢谢你们的好意。我到美国讲学结束后,还是要回到祖国的……"

赴美国讲学的一切手续办完后,卢鹤绂利用一个星期天的晚上,把永强、永亮和永芳兄弟叫回家,专门召开了一个家庭会议。卢鹤绂说:"我去美国担任访问教授,时间大约需要一年,家里的事情就交给你们了……特别是你们80多岁的外祖父,还有住在天津年近90高龄的祖母,一定要照顾好他们……"

因为卢永亮和马开桂从东北回来后一直和父母住在一起,卢鹤绂明确表示,他赴美国后,由卢永亮和马开桂负责处理家里的一切事务。卢鹤绂和吴润辉特地把小两口叫到面前,亲自将家里的存款以及保险箱的钥匙交到儿媳马开桂的手中,嘱咐说:"家里的一切都交给你们了,你们注意把生活调理好,平平安安地好好过日子……"

马开桂未曾料到公婆会把家里的经济大权也交给她,心里非常感动,当即表态说:"请爸爸妈妈放心,我会像你们的亲生女儿一样,承担家庭的责任,孝敬外祖父和祖母,把家里的一切都做好……"

上海市政协和九三学社领导欢送卢鹤绂夫妇赴美任教(1979年)

第十四章　在斯瓦斯莫尔大学任教的日子

卢鹤绂夫妇乘坐中航923班机前往美国

1979年11月30日上午10时30分,卢鹤绂携夫人登上了中航"923"班机。在碧蓝的天空飞行了约两个半小时,航班抵达东京国际机场。在机场候机5个多小时之后,才登上泛美"12"班机,离开东京飞往美国。

这架泛美客机的全体工作人员,听说卢鹤绂和吴润辉夫妇是阔别38年后重访美国,并出任斯瓦斯莫尔大学的荣誉访问教授,一齐到卢鹤绂和吴润辉面前表示祝贺,并赠送给卢鹤绂泛美公司大航程图一张,上面有机组全体工作人员共15人的签名。

万米高空之上,遥想38年前,毅然拒填美国政府发放的《科学人才征用表格》,放弃优厚的生活待遇与学术荣誉,离美奔赴国

难,颠沛流离于战火纷飞的粤桂黔等地,卢鹤绂不胜感慨。极少赋诗的他不觉吟咏道:

> 东出学道入新邦,朝夕琢磨辉光旁;
> 摘冠卸袍归故国,新声出自旧庙堂。
> 白云茫茫路程艰,周旋寇乱在桂黔;
> 锦绣河山常挂目,喜闻论断验马前。
> 忆自海外执教日,归来栽育四十春;
> 珍惜余年不服老,应邀再度去东宸。

飞机飞了大约10个小时,抵达了旧金山。当地时间是1979年11月30日11时30分。卢鹤绂一下飞机,斯瓦斯莫尔大学派来的代表弗拉克先生立即上前迎接,并亲自驾车送卢鹤绂夫妇到坎特伯雷饭店住下。

12月2日下午,卢鹤绂和夫人登上飞机离开旧金山,经过5个多小时的飞行后抵达费城,已是当地时间晚上9点半。斯瓦斯莫尔大学物理系的曼哥斯多尔、毕兰纽克、巴希欧三位教授立即迎上前,互致问候,热烈拥抱。然后,由曼哥斯多尔驾车送卢鹤绂夫妇到斯瓦斯莫尔校园旁的康奈尔教授寓所住下。

令卢鹤绂夫妇感到意外的是,在他们阔别美国学术界38年后,再次来美国所受到的尊敬和欢迎,仍然是那样的真诚和热烈,这让他们夫妇两人十分感动。

斯瓦斯莫尔大学设有19个系,包括文、理、工、艺术、音乐、社会学、宗教、政治学等方面,是一座较完整的综合性多学科大学。卢鹤绂走进斯瓦斯莫尔大学的校园,受到了该校师生的热烈欢迎。学校的校刊和报纸上也刊登了卢鹤绂的经历和学术贡献。

卢鹤绂到达斯瓦斯莫尔大学后,慢慢发现这所学校与众不同之处甚多。首先,这所学校的学生要付高昂的学费,而每年招收的学生数量则奇少,是由校方派专人从全美各地中学的毕业生中调查选拔的。这所学校以保证其毕业生能在社会上有地位、出校门后有成就而自豪。因此,斯瓦斯莫尔大学极端强调教学,一切面向学生的培养。卢鹤绂刚到斯瓦斯莫尔大学就遇到了一件事:学校有一位助教,因利用一部分时间接受政府津贴搞研究,经教授揭发,在校刊上进行专门讨论争辩之后,被迫辞职离开。美国社会上有人称斯瓦斯莫尔大学为"贵族学校"。就拿物理系来说,仅有教授、副教授以及讲师8人,而且不设助教,一般助教职务由专职的技术人员担当。

斯瓦斯莫尔大学校园

第十四章　在斯瓦斯莫尔大学任教的日子

从1962年开始，斯瓦斯莫尔大学接受校友康奈尔夫妇捐赠的一笔款项，设立国际性访问教授席位。每学年从不同国家聘请一位有名望的外国专家学者，携眷来校客居一年，担任访问教授。轮流由哪个系聘请，由聘请委员会调查讨论决定。卢鹤绂是第17位国际性荣誉访问教授，但是来自远东的唯一的一位。其余16位有一半来自英国，另一半则来自西欧各国和印度、巴基斯坦、澳大利亚等国。斯瓦斯莫尔大学校刊曾载文：卢鹤绂是"在中美之间的来往中断30年之后，在美国的大学里占有正式教学职位的第一位来自中国的交换教授。（中美间的学术交流）是本学期从斯瓦斯莫尔大学开始的"。斯瓦斯莫尔大学校刊上的这段话，与中国教育部赵冀处长对卢鹤绂讲过的话是那么相似，这让卢鹤绂的感触极深。

卢鹤绂在斯瓦斯莫尔大学教授两门研究班课程。这两门课程是物理系三年级学生获得优等生文凭所必修的，此课成绩不合格者，毕业时就不授予优等生文凭，只给普通文凭。化学系、生物系、数学系、哲学系的三四年级生可以选修。学期终考时，这两门课程不由授课教授直接考，而是由校方从外校另请一些教授来考核。先笔试后口试，能否授予优等生文凭，由这些校外教授根据考核结果向校方推荐。获得优等生文凭的学生，校方就会向其推荐一些工资待遇较高的工作单位，提供给他们进行选择。

卢鹤绂在教学时还发现，他所教授的研究班对教学方式的要求也很独特。选修这种课程的学生要分成组，每组学生不得超过8人，由一位教授专门负责。每组每周上课一下午。时间是13时15分到17时30分，可拖到18时30分。中间有半小时，可以到前厅喝咖啡、吃点心、闲谈休息。教授的责任是按系务会议的决定布置给全体学生几本教材精读，另外加几本选读。系务会议每周一次，每次一个小时，一般是午餐时间边吃边谈并做出决定。教学过程中不须写教材，已出版的新教材繁多，每年都试用不同的教材。卢鹤绂拿到物理系的同仁给他准备好的多种教材都写有这样的字条："以感谢、友爱和尊敬的心情献给卢鹤绂教授。"

卢鹤绂在斯瓦斯莫尔大学授课(1980年)

第十四章　在斯瓦斯莫尔大学任教的日子

此照片是杨福家院士在2012年访问斯瓦斯莫尔大学时，该校赠送的(2排右1为卢鹤绂)

卢鹤绂按照系教务会的规定进行授课。前一个星期布置每个学生一个专题，指明读哪几章，做哪一个或两个习题。本星期上课时，先由卢鹤绂泛讲目的、内容概要，然后解答问题，即由各个学生轮流报告上周自学的内容，并要到黑板上做习题。其他7个学生中有不懂的问题，可共同讨论解答，在出现无法解答或出现错误不能被发现的情况时，便由卢鹤绂讲授。所以，卢鹤绂每周都要事先准备好8个专题的内容，至少要有8道习题的各种解法，因此任务很重。卢鹤绂在寓所常常备课到深夜，无论备课时间多晚，夫人吴润辉总是陪伴在旁边。卢鹤绂感到斯瓦斯莫尔大学的这种教授法，基本形成一种师生同舟共济、合作教好学好的作风，老师与学生都得益匪浅。

在第一个学期,卢鹤绂安排每周有一整天的实验,学生要按照下发的手册去做。卢鹤绂不时地现场解答出现的原则性问题,具体技术性问题则由专职技术人员解决。

1980年春季学期,卢鹤绂负责两组量子物理学研究班,内容包括"狭义相对论"、"量子论"、"原子"、"分子"、"固体"、"原子核"、"粒子物理学"等。这年的秋季学期,卢鹤绂负责两组经典物理学研究班,内容包括"经典力学"、"波动理论"、"经典电动力学"、"等离子体动力学"等。一年的教学,师生相处很好,感情融洽。年底时学生们纷纷给卢鹤绂送圣诞节礼品,女学生们把卢鹤绂的英文名字镶嵌在圣诞老人的红袜子之上,袜内装有科学玩具slinky及糖杖,代表全班同学送给他作为圣诞节礼物,让他留作纪念。

1980年春季学期期间,斯瓦斯莫尔大学校长弗润德专门设宴款待卢鹤绂。出席宴会作陪的有教务长、物理系的主任和一部分教授,大家频频举杯,祝贺卢鹤绂在斯瓦斯莫尔大学的教学成功。校长弗润德还在宴会上宣布,因为卢鹤绂到斯瓦斯莫尔大学的时间比正常学期晚了3个月,学校破例决定延长卢鹤绂在校职位一个学期,并当即让赖特教务长将卢鹤绂1980年4月5日的续聘书寄到中国驻华盛顿大使馆郭懿清处,请其转至中国教育部审批。

卢鹤绂到斯瓦斯莫尔镇客居之后,斯瓦斯莫尔大学校长弗润德、现任和前任教务长以及物理系的各位教授,还有部分其他系教授以及少数职员,相继在自己的家中设宴,欢迎卢鹤绂夫妇的到来。每次宴会都有非斯瓦斯莫尔大学的人员参加,也有外界各地的人士参加。不久就有学校之外的新朋友宴请卢鹤绂夫妇,有的设宴于餐馆,有的则请卢鹤绂夫妇到他们家中宴叙。此外,斯瓦斯莫尔大学特别是物理系,以及学术团体,还有卢鹤绂所属的希格玛赛(Sigma Xi)科学研究会,也不时举行团体聚餐或宴会。有时还有为工作而举行的师生聚餐、社交晚餐、野餐会以及各种庆祝节日的宴会,这就使卢鹤绂夫妇结交了许多美国朋友,增进了中美两国人民的感情。

第十四章 在斯瓦斯莫尔大学任教的日子

被邀请参加宴会的次数多了,卢鹤绂便和吴润辉商议:"我们也回请一下吧。"吴润辉点头表示同意。他们第一次是在餐馆宴请的,来了许多美国朋友,气氛热闹非凡。后来彼此很熟了,卢鹤绂便在家中请客,吴润辉亲自下厨,她的烹调手艺是很高超的,什么红烧鱼块,五香豆腐,堪称一绝。她做的饭菜,既有中餐,也有西餐,美国朋友们吃得非常尽兴。

每次宴会,照例要备很多种的酒及饮料,就餐前先在客厅喝酒,吃干酪、小饼干等点心。喝什么酒由客人自选。宴会上大家一般都喝白葡萄酒,餐后叙谈时则进浓甜酒。在美国上层社会,宴会几乎是交朋友的唯一途径。前来参加宴会的人的主要目的不是吃喝,而是叙谈。一次宴会一般要历时四五个小时,花费甚巨。按一般惯例,请客吃饭要在两星期前电话通知对方,洽商决定宴会时间,因为一般情况下人人忙于

卢鹤绂夫妇参加美国学者举行的派对(1980年)

卢鹤绂在家中宴请斯瓦斯莫尔大学物理系教授(1980年)

餐会,不早约请就要落空了。每次卢鹤绂请客吃饭,吴润辉总要花费一整天的功夫做好各种准备工作,相当劳累。1980年冬天,卢鹤绂举行一次大型招待会,吴润辉过分劳累,突然感到一阵胸闷,经送到台尔乐医院检查,是劳累过度引起心脏病突发,住院十多天才恢复了健康。卢鹤绂在美国的朋友,人人都非常感动于吴润辉的勤劳、热情。

  卢鹤绂在斯瓦斯莫尔执教过程中所结交的美国朋友,几乎人人都对中国人有好感,他们普遍认为中国人聪明、勤劳、能干,因而他们非常愿意帮助中国人。美国朋友一传十、十传百,说卢鹤绂是异常智慧、平易近人、招人喜欢的人。卢鹤绂的临时居所有一位邻居老太太,在卢鹤绂夫妇初到时,这位老太太很冷淡,不大接近他们,后来逐渐地了解了卢鹤绂夫妇,就不时主动来帮助他们,照应他们,借给他们东西用。有一次吴润辉请她吃饭,她说:"你们没有必要请一个老婆子吃饭,我帮助你们是由于我喜欢你们,并不是期待你们请我吃饭……"

后来在卢鹤绂和吴润辉回国时,这位老太太还和许多美国朋友前来送行,她说:"你们要回国了,我们这些朋友感到非常遗憾,我们会惦记你们的,希望早日再见到你们……"

第十五章　去伊利诺伊大学讲学和在美国参观访问

1980年初夏,曾两次荣获诺贝尔奖的巴丁教授打来电话:"卢教授,闻听你来到斯瓦斯莫尔大学任教,很是高兴,我特别邀请你在这个夏季能到美国伊利诺伊大学担任物理学访问教授之职。"

约翰·巴丁(John Bardeen,1908—1991),是诺贝尔奖历史上迄今为止唯一在同一领域两次获奖的科学家,他于1956年与布拉顿、肖克利因在半导体研究方面的突出贡献,而且发现了晶体管效应而获得诺贝尔物理学奖;又于1972年与库珀、施里弗因建立超导微观理论——BCS(巴丁-库珀-施里弗)理论而再次获得诺贝尔物理学奖。

卢鹤绂夫妇与两次获得诺贝尔物理学奖的约翰·巴丁教授合影(1980年)

卢鹤绂立即回答说:"我很高兴能接受您的邀请,我立即和斯瓦斯莫尔大学协商,争取能到伊利诺伊大学访问……"

卢鹤绂放下电话,当即将此事报知斯瓦斯莫尔大学,令人愉快的是,斯瓦斯莫尔大学竟当即表示赞同。

两所大学很快电话洽商解决了移民局所需要的手续问题。于是,卢鹤绂携夫人于6月2日到达了伊利诺伊州的俄尔巴那市。

卢鹤绂在伊利诺伊大学工学院物理系教了两个月,教授内容包括"热力学"、"分子运动论"、"电磁理论"及"狭义相对论",这是为各系高才生选修所开的速成课(accelerate course for superior students)之一,共有57名学生,配有两位助教。另外有7个实验项目。

出乎卢鹤绂的意料,在他讲完最后一课时,全体同学自发地热烈鼓掌,以示答谢,这令卢鹤绂十分感动。

1980年8月7日,卢鹤绂和夫人返回了斯瓦斯莫尔大学。又一次出乎他意料的是,8月25日他意外地收到伊利诺伊大学行政部门寄来的一个大包裹,里面装是学生们对卢鹤绂的评价资料(instructional evaluation),内有23项问题,以及回答的百分率统计表和文字评语。卢鹤绂当即交斯瓦斯莫尔大学物理系同仁传阅,大家一致说效果良好,评价很高。

卢鹤绂在伊利诺伊大学任教时,就接到了中国教育部已批准其延长聘期到年底的通知。7月5日,又收到由斯瓦斯莫尔大学转来的、复旦大学校长办公室6月2日写的信,内附复旦大学教务长徐长太致斯瓦斯莫尔大学教务长赖特的信,赞同斯瓦斯莫尔大学的续聘并致谢意。卢鹤绂回到斯瓦斯莫尔大学,即将此信转交赖特,并通知了弗润德校长。

卢鹤绂在斯瓦斯莫尔大学担任访问教授期间,还应聘在美国各地访问、讲学和参观,进一步扩大了中国人在美国的影响。

1979年11月30日,卢鹤绂夫妇初到旧金山的晚上,诺贝尔奖获得者阿尔瓦雷兹教授夫妇及加州大学教授黑穆浩兹夫妇在美国银行大楼52层屋顶餐厅，专门设宴款待，席间宾主频频举杯，谈学问，话友谊。餐后，他们又陪同卢鹤绂夫妇观赏旧金山市及海湾的夜景，彼此建立了深厚的友谊。

次日上午，黑穆浩兹夫妇驾车，陪同卢鹤绂夫妇参观伯克利医院及加州大学。下午，曾参与研制美国第一枚原子弹的阿尔瓦雷兹教授，又专程驾车陪同卢鹤绂夫妇到斯坦福大学直线加速器实验室访问，参观那里著名的两座正负电子对撞机（PEP及SPEAR）的工作情况。

卢鹤绂到达斯瓦斯莫尔大学任教后，先后有20多个大学和科研机构打电话或来函，邀请卢鹤绂前去访问、讲学和参观，其中，乔奇华盛顿大学、布朗大学、哈佛大学、纽约大学、国家标准局等单位，因所安排的时间与斯瓦斯莫尔大学繁重的教学任务冲突，卢鹤绂未能前往，其余15处卢鹤绂携夫人陆续成行。

1980年1月上旬，卢鹤绂在斯瓦斯莫尔大学同事们的陪同下，参观了宾夕法尼亚大学物理系及核研究室。1980年1月30日，宾夕法尼亚大学原校长、著名物理学家哈恩维尔邀请卢鹤绂夫妇在该大学俱乐部午餐聚叙，还邀请了多位教授作陪，其中有华人顾毓琇夫妇以及杨忠道、叶玄等人。

1980年3月31日，卢鹤绂夫妇分别应德拉威尔大学盖瑟教授及富兰克林学院巴托研究所泡末兰兹所长的邀请，到这两个单位访问并讲学。卢鹤绂做了专场学术报告，重点讲授了他对容变粘滞性理论的贡献。两个单位都专门设宴，款待卢鹤绂夫妇，同时邀请美籍华人教授吴仙标、徐少达、郑文魁、傅振民、曹昌华等人出席宴会，并与卢鹤绂夫妇叙旧。

1980年10月29日，卢鹤绂和吴润辉应美国能源部布鲁克海文国家研究所的邀请，住所访问3天。当天，卢鹤绂在物理部门讲了他回国后的教学和科研情况，博得了在场听众一次又一次热烈的掌声。当晚研究所设宴答谢卢鹤绂夫妇，宴会大厅摆了整整5大圆桌，卢鹤绂的学

第十五章 去伊利诺伊大学讲学和在美国参观访问

生余英庭也出席宴会作陪,席间的气氛友好而热烈。

次日上午,瓦尔克博士驾车陪同卢鹤绂夫妇沿 ISABELLE 350GeV× 350GeV 质子对撞机隧道考察,然后参观其附属设备及工厂。下午,参观同步加速器辐射光源及重离子核聚变研究室。晚上,副所长尧夫妇请卢鹤绂夫妇到其住所附近的餐馆聚会。

第三天上午,卢鹤绂夫妇应邀同理论物理学家高德哈勃及艾莫瑞讨论理论研究趋势。这时候,时任布鲁克海文国家实验室研究员的马以南女士(马英九的大姐)得知卢鹤绂到访,专设午宴与卢鹤绂夫妇叙旧。下午,研究所派车送卢鹤绂夫妇到石溪与杨振宁会面,杨振宁陪同卢鹤绂夫妇参观了纽约州立大学的串联加速器实验室。

1980年11月25日,卢鹤绂应希尔德及贝肯教授的邀请,来到普林斯顿大学等离子体物理研究所访问。上午,由莫特雷博士陪同参观了所有的核聚变装置。下午,同朱祖凯博士讨论控制聚变前景。

这些参观访问,对卢鹤绂今后的教学和科学研究很有益处,他因此想到,在斯瓦斯莫尔大学紧张的教学工作完成后,最好能有一段较长的时间到其他城市参观访问,以便更多、更全面地考察了解美国在高等教育和科学研究方面的最新成就,以及未来的发展趋势。同时,他也想利用斯瓦斯莫尔大学的设备条件做点自己的理论研究,便于11月初写信给中国驻美大使馆,询问是否可再延长半年时间。

12月12日,卢鹤绂接到中国驻美大使郭懿清的复函,称"经联系,同意延长半年,但是要量力而行,注意身体"。这使卢鹤绂颇受感动。

12月15日,卢鹤绂接到了布林莫尔女子大学物理系的邀请,便和夫人商议,吴润辉说:"这是一个很好的机会,你不要放弃,我因身体不适,不能陪同你前去……"卢鹤绂只好只身来到布林莫尔女子大学,讲述了他对量子论中量子跃迁的本质的意见和根据。授完课的当晚,全系的教授在该校俱乐部设宴答谢,宾主频频举杯,谈物理量子论,叙友谊,气氛非常融洽。

1981年1月9日,哈佛大学戴维登教授电话邀请卢鹤绂到该校访问讲学,卢鹤绂前去讲授了理论物理学家福特所著经典《近代物理》的后半部。

3月16日,达拉斯的德克萨斯大学自然科学及数学院院长卡尔德维尔博士邀请卢鹤绂夫妇到该校访问,这时候吴润辉身体已好转,夫妇两人遂一同前往。卢鹤绂到该校共讲了3次课:第一课讲授对容变粘滞性理论的贡献;第二课讲述回国后的教学及科研经历;第三课讲授对量子论的非局域性及完备性的看法及其根据。

3月19日,卢鹤绂和吴润辉与许多来自中国台湾的男女学生叙谈,台湾学生们很向往大陆,期望两岸早日统一。叙谈至半夜时分,台湾学生们驾车将卢鹤绂和吴润辉带到市中心"重联合"(Reunion)高塔顶上的转动餐厅吃夜宵,并观看全市的夜景。卢鹤绂夫妇与青年学生们在一起,感到浑身充满了活力,这是一个令人高兴和难以忘怀的不眠之夜。

3月21日,卢鹤绂夫妇又应芝加哥大学物理系及费米研究所的邀请,乘飞机到芝加哥大学讲学。由芝加哥大学招待住进方庭教授俱乐部(Quadrangle Club)。当晚,系主任费里特奇请夫妇两人到其家中宴叙。这次晚宴边吃边谈,既讨论学术问题,又畅谈中美之间交流的友谊,一直叙谈至深夜。

次日上午,萨赫斯(Sachs)教授陪同卢鹤绂夫妇访问美国物理学家、诺贝尔奖获得者费米领导建成的世界上第一个原子堆所在地,并到其研究所参观各实验室。参观结束时,萨赫斯请卢鹤绂夫妇共进午餐,并请钱德拉塞卡等人出席作陪。

苏布拉马尼扬·钱德拉塞卡(Subrahmanyan Chandrasekhar, 1910—1995年)是印度裔美国籍物理学家和天体物理学家,1983年因在星体结构和进化方面的研究而与另一位美国天体物理学家威廉·福勒共同获诺贝尔物理学奖。钱德拉塞卡移居芝加哥成为艾默瑞特斯的教授后,有一次往返200英里去上课,恰逢暴风雪,当他赶到教室的时候,发现只有两名学生在等着他,这两人正是于1957年获得诺贝尔物理学奖的李政道和杨振宁。

第十五章 去伊利诺伊大学讲学和在美国参观访问

下午，卢鹤绂与诺贝尔奖获得者克罗宁(Cronin)讨论粒子物理学的远景问题，克罗宁专门向同仁们讲述了卢鹤绂的经历。

卢鹤绂在芝加哥费米研究所与诺贝尔奖获得者克罗宁(右)、阿尔贡国家实验室前所长萨赫斯(左)合影(1981年)

6月2日，卢鹤绂夫妇应母校明尼苏达大学物理系及天文学院的邀请飞抵明尼阿波利斯访问。卢鹤绂当年的导师之一尼尔教授夫妇到机场迎候，师生再次见面，格外亲切，似乎总有说不完的话，道不尽的情……

当天晚上，母校招待卢鹤绂夫妇住进校园附近的一家旅馆。次日上午，参观各个物理实验室。卢鹤绂看到，现在的实验室比40年前他在该校时增添扩大3倍以上，他原来所用的实验室77号房间已从外室变成了内室，面目全非，并且已改作储藏室了。

中午，明尼苏达大学在教授俱乐部招待午餐后，大家到尼尔实验室讨论技术变迁诸问题。

与首次分离铀 235 的尼尔教授在实验室合影(1981 年)

左卢鹤绂,右尼尔

卢鹤绂夫妇与尼尔夫妇在一起(1981 年)

第十五章　去伊利诺伊大学讲学和在美国参观访问

下午，卢鹤绂向全院同仁讲述自己离校回国后的教学和科研情况，许多同仁听了卢鹤绂的经历，深为他热爱祖国和不屈不挠地进行科学研究的精神所感动，许多人伸出了大拇指，以表对卢鹤绂夫妇的敬意。

晚上，尼尔教授在家中设宴款待卢鹤绂夫妇，20多位同仁济济一堂，其中有卢鹤绂的同学兼同事阿尔尼·柯恩博士夫妇和卢鹤绂的学生、天文教授爱德华·奈夫妇。席间，大家回忆起1947年卢鹤绂的《关于原子弹的物理学》一文在《美国物理月刊》发表后，立即引起强烈反响，尤其是在全世界爱好和平的人士中引起了热烈讨论。尼尔教授拿出多幅物理系保存40多年的卢鹤绂当年的照片，大家边吃边谈，往事历历在目，众人感慨良多。大家畅谈至深夜，卢鹤绂夫妇当晚在尼尔教授家中留宿。

次晨，尼尔夫妇又驾车带着卢鹤绂夫妇，到城南80多英里的拉采特市访问了一整天。上午故地重游圣玛丽医院，中午在核辐射教授维廉斯夫妇家中餐叙，下午访问了世界著名的梅友诊断院。晚上，唐尧千教授夫妇请卢鹤绂夫妇到明尼阿波利斯新建的最高大厅IDS·Bldg屋顶餐厅晚宴，观看全市夜景，尼尔教授夫妇、柯恩教授夫妇出席作陪。席前，柯恩教授拿出40年前他和卢鹤绂在一起学习工作的照片及信件，对卢鹤绂说："这些照片和信件，我保存了40多年，准备连同系中保存的照片和资料，都制成复制品，不日寄给你以作留念。"这令卢鹤绂十分感动。

卢鹤绂夫妇在母校访问3天，他们看到，明尼苏达州已从昔日的农业省份一跃成为工业成就显著的省份，他的一位昔日同事已成为世界著名的三M公司的副董事长了。全州电力的40%来自核能，仅次于伊利诺伊州。

7月7日，卢鹤绂和吴润辉又应加州理工大学哥尔德伯校长的邀请，飞抵美国西部洛杉矶，在帕萨迪纳校园访问了3天3夜。当晚，卢鹤绂夫妇住在著名的雅典娜俱乐部（Athenaeum）中。

8日，在高尔德教授的陪同下，夫妇两人访问了工程及应用科学部，参观了等离子体物理学研究实验室。晚上，哥尔德伯校长夫妇设宴款待卢鹤绂夫妇,多位学校知名人士出席宴会,大家频频举杯,欢迎卢鹤绂夫妇来访。

9日,哥尔德伯校长的夫人陪同卢鹤绂夫妇访问了著名的哈廷顿图书馆及艺术馆。晚上,化学家陈长谦夫妇在中国城潮州餐馆设宴,款待卢鹤绂夫妇。

卢鹤绂这次携夫人赴美国讲学,所教学生近百人,学生中绝大部分都是祖籍为欧洲的美国人,但是也有在美国长大的东方人。他在斯瓦斯莫尔大学只教过一位东方人,是美籍华人,其家庭来自香港。在伊利诺伊的学生中有百分之十是东方人,其中中国人有两女一男,日本人有两男一女。美国黑人学生则不到百分之十。卢鹤绂所教的学生学习都很用功,成绩都很好。

卢鹤绂在斯瓦斯莫尔大学教学时期,还曾两度应邀给斯瓦斯莫尔镇的科学界做学术专题报告:一次是给希格玛赛(Sigma Xi)科学研究会讲授"论容变粘滞性概念";另一次是给物理学俱乐部讲授"量子色动力学与量子电动力学的比较"。

卢鹤绂在一次讲学的时候,恰遇提供国际性访问教授基金的康奈尔夫妇,康奈尔先生拉住卢鹤绂的手说:"我所遇到听过你授课的人,都说你教授的课好,几乎所有的人都说你们好,你们是特别受欢迎的人物啊!"

令卢鹤绂和吴润辉特别感动的是,斯瓦斯莫尔大学负责维修房屋的工人们也对他们非常客气。有一位修房工人见到卢鹤绂,走上前说:"卢教授,你好!""你好。"卢鹤绂主动与那位修房工人握手。

有一次,卢鹤绂和夫人吴润辉走到大街上,马路边的清洁工人、送信的邮差都向他们热情地打招呼并问好。卢鹤绂深有感触地对吴润辉说:"连清洁工人和邮差每次见到我们都这样热情地打招呼问候,表现出普通美国人对中国人民的好感,我想一个重要原因,就是他们知道我们中国是工人阶级领导的……"

第十五章 去伊利诺伊大学讲学和在美国参观访问

吴润辉点点头,赞成丈夫的观点,并补充说:"美国人对我们表现得如此友好,说明中国逐步强大了,在国际上有地位了……"

卢鹤绂和吴润辉客居伊利诺伊州俄尔巴那的时候,租住在沃尔蒂斯教授夫妇的房子里,教授夫妇去华盛顿州度假了。那里的所有邻居同卢鹤绂夫妇相处得都非常好,时常往来。卢鹤绂夫妇离开后,隔壁的巴兹里教授夫人还专门来信说:"我老是在想念你们,你们的离开就好像是一本好书的终了,隔壁那块园地我再也不想看了。"沃尔蒂斯夫人也来信说:"我们度假回来发现,你们把我们的房子和园地照顾得比我们离开时还好。从你们夫妇身上,我们看到了中国人所具有的那种人类正直良好的素质品格,这是我们所难遇到的。"沃尔蒂斯教授则来信说:"物理系全体同事们和你的全部邻居,都对你们来到俄尔巴那访问感到非常愉快和赞赏。"

其他人像巴丁夫人、康奈尔夫人等,也都来信表达了他们对卢鹤绂夫妇的敬慕和赞颂。

卢鹤绂和夫人吴润辉的此次美国之行,让他们两人感触极深的是,40年来中国人在美国的社会地位大大提高了。40年前,中国人在美国的主要职业是开饭馆、开洗衣房、开杂货店等,这次访问美国看到的大大不同了,中餐馆多了起来,几乎大小城市都有,并且变得高级了,不是40年前的廉价餐室了;很少有中国人开洗衣房了;各地的中国城极速扩张,大杂货店及百货公司开办起来了。卢鹤绂夫妇来到纽约的中国城,几乎完全不认识了,过去纽约的中国城只是一条巷子,现在则占有好多条街。过去中国城的邻居意大利城,也被中国人兼并而成为中国城的一部分,中国城新建的孔子大厅是纽约市的摩天大楼之一,中国城中银行林立。更为可喜的是,在美中国人的主要职业已转向科学技术、大学教育以及企业经济方面,几乎所有科学研究机构都有中国人当研究员,几乎所有公立大学都有中国人当教授。中国人开办的医疗诊所也无处不在,并且也有中国人开设的工厂及贸易公司等。中国人在美国主流社会上的这些成就,扭转了美国人过去对中华民族的歧视。卢鹤绂在美国与友人叙谈时,时常听到美国人说,中国终究是个有悠久文化历史的文明之邦,因而中国人是聪明的,有才能的,勤劳肯干的。甚至有的人竟说,中国人是天生的科学家,其智力仅次于犹太人,等等。1979年春节,美国总统卡特公开向在美国的中国人致以问候,并评价在美中国人对美国的科学文化事业作出了显著的贡献,为此,他表示感谢。

卢鹤绂在美国访问期间,明显地感觉到,一般美国人都对中国人有好感,有一些人还颇赞成中国的社会体制,例如,提起中国的公费医疗制度、免费大学教育、退休制度、公益事业等,美国朋友显得很羡慕。他们都认为,在共产党和毛泽东主席的领导下,人口几倍于美国但面积与美国相当的亚洲大国,能够摆脱过去的贫困,做到独立自主,处处大力搞建设,不再受外人欺侮,而且政府为全民利益着想,这真是个奇迹。颇有一些美国人认为,中美两国在东西半球上,处于几乎同等位置,大小面积也差不多,中美合作将对保证世界和平起到重要作用。也有些美国人认为,中美关系会越来越好,新中国将大有作为。

卢鹤绂在携夫人赴美国各地访问期间,听说国内有人造谣他要留在美国不回来了,卢鹤绂异常气愤:"我怎么会不回国呢?我怎么会不回去呢?!"

是啊,在美期间,美国政府确曾多次设法挽留卢鹤绂,但最终都屈服于他的爱国精神。台湾方面也曾通过在美的台湾学者,向卢鹤绂表示欢迎他们夫妇赴台访问,特别希望他们留居台湾,并许诺为卢鹤绂安排中央研究院或原子能委员会的要职。卢鹤绂很清楚对方的意图,一概婉言谢绝了。在这种背景下,国内的谣言是对卢鹤绂一颗拳拳爱国之心的极大侮辱和伤害。他毫不犹豫地对夫人说:"咱们立即回国,以后再也不来美国了……"

卢鹤绂夫妇回国前夕,斯瓦斯莫尔大学的40多位好友集体设宴为卢鹤绂和吴润辉饯行,出席宴会作陪的中国人有斯瓦斯莫尔大学的教

第十五章 去伊利诺伊大学讲学和在美国参观访问

师李芹女士,来自德拉威尔大学的徐世豪,以及此前作为自费访问学者受聘于休斯敦大学的卢鹤绂长子卢永强等。席间,系主任曼哥斯多尔教授端起酒杯,站到卢鹤绂面前,动情地说:"我在考虑聘请你做康奈尔荣誉访问教授的时候,曾担心阔别 38 年的老学者的英语和学问,是否还胜任当前的教学任务。但是,当在飞机场初次见面,同你交流 15 分钟后,这种顾虑就完全消失了……事实充分证明,你的教学效果很好,学生们都十分佩服!我们发现,你对物理学的近期重大进展理解得很透彻,特别是你在斯瓦斯莫尔大学任教期间,每次全系专题学术讨论会上,你总是最后一个发言,提出大家最感兴趣的关键性问题,引发大家的讨论,这让全体同仁们既惊讶,又高兴……"说完,他举杯与卢鹤绂一饮而尽。

许多美国人听说卢鹤绂和吴润辉要回国,特地找到卢鹤绂夫妇,对他们说:"你们两人光临斯瓦斯莫尔,对这个城市作出了很多贡献,无论在智慧方面,还是在社交方面,你们都做出了重要贡献……"

在访问美国期间的 1980 年 10 月,卢鹤绂被纽约科学院选为活跃成员(active member),并将证书颁发给卢鹤绂。美国科学促进会和史密斯桑尼安研究院也先后邀请卢鹤绂为会员,但是卢鹤绂因为即将回国,都婉言谢绝了。

归国前,上海九三学社函告卢鹤绂,他被选为上海九三学社副主任委员。中国科学院还于 1980 年 12 月通知,他当选为中国科学院物理学数学学部委员(今称"院士")。得知这些消息,卢鹤绂大为欣慰,他明白,中国科学院和九三学社对他都是高度信任的。回国后曾有友人提起那些恶意中伤的谣言,卢鹤绂不屑地回应:"40 年前国难当头,我都义无反顾回来了,何况现在?我是炎黄子孙,学有所成自然要报效祖国。这次出去有了新收获,当然也要回来向国家汇报,传授给我的学生们……"

1981 年 7 月 10 日上午,卢鹤绂夫妇乘坐泛美航空公司的飞机离开

卢鹤绂被美国纽约科学院选为"活跃成员"

美国,11日晚回到了上海。

卢鹤绂将访问美国的工资收入、缴税、支出及回国上缴、报销进行了结算。

他这次访美教学的专职工资总共为31 100美元,但按照美国政府规定,他已缴给美国联邦所得税2 508美元,州所得税776.72美元,共缴税3 284.72美元,即实发专职工资总共为27 815.28美元。要说明的是,当时的很多国家,如英国、德国、苏联、印度等,都与美国订有条约,彼此访问教授免缴税,但我国无此互惠待遇。

夫妇两人在美支出如下。

(1) 健康保险费　　　　　　　　　　　　　　　　　$1 454.25
(2) 请客宴会等社交活动费　　　　　　　　　　　　$8 200.00
(3) 两人伙食费　　　　　　　　　　　　　　　　　$8 200.00
(4) 非斯瓦斯莫尔大学教学时期的房租、水电、煤气费　$2 952.83
(5) 电话费　　　　　　　　　　　　　　　　　　　$545.80

(6) 牙医费 $350.00

(7) 零用 $1 112.40

总共支出为 22 815.28 美元。

  专职收入减去支出还多余 5 000 美元,足够抵他在国内 19 个月的工资,以及临出国前从教育部领得的路费 400 美元、从复旦大学领得的制装费人民币 975 元等而有余。卢鹤绂特意将这 5 000 美元以 Provident National Bank Cheque No. P11281(July 3. 1981)支票支取的形式(一年内,即 1982 年 7 月 2 日前必须取出,否则无效就损失了)交上海市委统战部签收,转交国务院教育部,并请转知复旦大学销账。

第十六章　应邀到全国各地的讲学活动

1981年7月11日,卢鹤绂和吴润辉回到了上海。返沪后,他先到上海市九三学社主委会汇报访美的经历及观感,有关人士将他当选为上海市九三学社副主任委员的证书颁发给他。

卢鹤绂回到上海复旦大学物理二系的办公室,看到了中国科学院在1980年选他为中国科学院院士的通知以及证书等。

回国后,卢鹤绂撰写了《1979年11月30日至1981年7月10日访美经历及观感》的书面报告,呈报国家教育部、上海市委统战部及复旦大学。

回到复旦大学的教学岗位后,许多单位纷纷邀请卢鹤绂前去作访美报告和学术报告。随后,他应邀去上海市物理学会等单位做了访美观感的报告,他的报告有声有色,讲理透彻,激发了广大听众的学习热情、工作热情和爱国热情,大家非常喜欢,每次会场内都会不时响起热烈的掌声。

由于国家自三中全会以来实行改革开放政策,形势飞速发展,全国上下很快形成了热爱科学和学习科学知识的热潮。各地纷纷派人赴复旦大学,邀请卢鹤绂前去做科学讲座和学术专题报告。

1982年4月,卢鹤绂应邀赴湖南湘潭大学,讲述了访问美国的观感以及担任访问教授的经历,并做了世界近代物理发展趋势的学术报告。接着,他又应邀赴长沙国防科技大学,做了量子物理的学术报告。报告结束时，会场听众起立热烈鼓掌，以表达对卢鹤绂报告的感谢和钦佩。

1983年初，卢鹤绂接受上海师范学院的聘请，担任了上海师范学院物理系的顾问，之后便经常去上海师范学院物理系授课讲学，并做有关近代物理发展趋势的学术报告。

1983年春的一天，卢鹤绂下班回家，儿媳马开桂上前接过他的文件包，说："爸爸回来了。"

"你参加加拿大贸易公司的面试，结果怎么样？"卢鹤绂进屋后问了一句。

"爸爸都知道了。"马开桂站在那里，犹豫了片刻，然后说："爸爸，我被录取了，可是，按照国家的规定，到国外的公司任职必须先辞职。要放弃在国营大企业的固定工作，我还真舍不得，但又不想失去这次去加拿大贸易公司的机会。为此我们举棋不定，想请爸爸帮我们拿个主意……"

卢鹤绂听了，对马开桂说："大主意你们自己定。不过，年轻人出去闯一闯，还是很好的。"

马开桂听了父亲的话，心里豁然开朗，下定决心辞了在国营大企业的公职，去加拿大闯一闯。

这件事至今让马开桂十分感慨，正是父亲卢鹤绂的一句既民主又极具高瞻远瞩眼光的话，改写了她和卢永亮一生的命运。

马开桂去加拿大工作了一年，取得了令人意想不到的成绩。于是，丈夫卢永亮也辞去了公职，下海创业。1990年，两人创建加拿大福特贸易有限公司，由马开桂在多伦多经营管理。1995年，卢永亮在国内与上海航天局新华无线电厂合资创建上海福特通信设备有限公司。作为摩托罗拉在中国最早的代理商，卢永亮和马开桂凭借敏锐的市场眼光、超前的经营胆识，使得福特公司在短短几年时间，发展成为拥有6个分公司、18家分销店及近百名员工的营销公司。全盛时期，一年销售摩托罗拉手机20万部,销售额几亿元,创造了商业营销的奇迹。

1984年初,卢鹤绂的三子卢永芳回到家里,对父亲说:"爸爸,我想报考美国德州南方大学,想听听您有什么意见。"

"你要继续深造,这是好事。"卢鹤绂是很支持子女向外拓展的,他又问道:"你所在的中学同意吗?"

"学校没有意见。"卢永芳在一所中学教书,他要出国深造,是要辞掉公职的。

"大主意你自己拿。"卢鹤绂采取不干涉子女决定的民主态度。

后来,卢永芳以优异的成绩被美国德州南方大学录取。他去美国后,以勤工俭学的方式,一边做工,一边求学,课余时间曾卖过冰淇淋,也到一些餐馆做过厨师,还打过杂工,最后顺利地从德州南方大学毕业。1986年,他与二哥卢永亮合作,将中国两吨半油压千斤顶首次出口到美国,在中美贸易的初级阶段为中国的手工工具打入美国市场创造了纪录。1987年,卢永芳创建了美国罗迪欧达贸易有限公司,主要经营双酚A产品。根据中国海关的记录,每年经罗迪欧达公司进口的双酚A,占到全国总进口量的10%左右。1994年,卢永芳应邀成为美国商会会员,并被列入美国高级主管和企业家名人录。

经过艰苦拼搏,卢永芳还逐步踏入了美国主流社会。他从1992年起参加美国联邦政治竞选,从1995年起担任美国联邦参议院哈金森决策咨询委员会委员,曾担任1996年共和党总统竞选顾问、共和党总统竞选小组特别委员,1999年担任共和党2000年总统竞选咨询委员。卢永芳是在美国的中国留学生中,进入美国政界高层的第一人。

1984年3月,卢鹤绂和夫人吴润辉迁入上海市内静安区江宁路83弄4号4楼2室新房居住。

卢鹤绂赴山东演讲、参观(1986年)

1984年4月上旬,卢鹤绂先后应邀到江西大学、九江市科委,以及江苏常州科委、杭州浙江物理学会、中山大学等讲学,主要讲授了近代物理以及物理学的应用。5月,前往华南师范大学,讲授了近代物理发展趋势以及量子物理等方面的课题。

1984年9月,卢鹤绂被任命为上海复旦大学校务委员会副主任;同年,受聘为上海交通大学顾问教授;1985年9月,受聘为郑州大学顾问教授;1986年,卢鹤绂受聘为国务院经济技术社会发展研究中心国际技术经济研究所管理学研究室高级研究员。

1986年5月,卢鹤绂应邀到故乡山东讲学、参观,他先后到山东大学、山东师范大学、曲阜师范大学、泰山学院等高校演讲,用准确、深刻而又不乏风趣的言辞,论述了量子物理的基本概念、物理思想和发展动向,在山东高教界激起思想的浪花,赢得了由衷的赞叹。

在紧张工作之余,卢鹤绂登上了"五岳之尊"的泰山,领略了一番

"会当凌绝顶,一览众山小"的意境。

登高望远,陪同前往的沈蒇不禁咏吟道:"岱宗夫如何？齐鲁青未了。造化钟神秀,阴阳割昏晓……"

卢鹤绂边听边点头,若有所思地说:"泰山不辞细壤,故能成其大。古人所言不虚哇。"

沈蒇似有所悟:"老师,我曾听复旦的师生们议论,能开一个系教学计划中所有课程的教授几乎没有,而物理系的所有课程您就可以全开!您的研究领域横跨宏观物理、微观物理和宇观物理,在学生们心目中,您就是理论物理方面的泰山!"

卢鹤绂笑笑制止:"年轻人千万不要夸大其词。我岂敢自比泰山,差得太远太远。科学探索永无止境,我只不过是科学大道上无数的铺路石子之一而已。我从事的科学研究也好,教学工作也好,都是为了不断完善物理学这座泰山而努力贡献罢了……"

夫人吴润辉在一旁打趣道:"你这块小石子儿,现在倒是也登上泰山极顶了呢。"

大家不禁哈哈大笑起来。

卢鹤绂说:"确实,没有比人更高的山。泰山如此巍峨,我们不是也踏踏实实一步一步上到山顶了嘛,真是山到绝顶人为峰啊。"

漫步在"天街",饱览胜景,卢鹤绂继续抒发感想:"沈蒇啊,我的很多学生一直想探求我搞科研做学问的所谓'秘诀',我自己其实也一直在思考这个'大难题'啊。"

"仁者乐山嘛,何况既是在您的故乡山东,又是在'五岳之尊'的泰山上,老师一定有所发现了!"

"登泰山而小天下。是啊,此番登临,还真是大受启发。"卢鹤绂娓娓道来:"成功的方法,或者如你们所说的'秘诀',其实很简单,就像人一样,大脑是道德,恒心毅力与创新突破则为双腿,不可偏废,这样才能向着正确的方向,坚定地不断走向新高度,直至登顶。"

"道德为脑,恒心与创新为足……"沈蒇细细琢磨老师的话:"您以前不是还常说‘钉子精神’吗?”

“是的。我以前常说,科研的道路是崎岖艰难的,要讲恒心毅力,也要有探险精神,关键是有突破。科学家的生命是有限的,往往终其一生也只能在某一个问题上突破一点。就好比钉钉子一样,这一点突破就是基点,有了点,才有线,有了线,才有门框,有了门框,一撞就冲出去了。所以我说,搞科研要有‘钉子精神’。”

沈葹兴奋地总结:“道德也可称仁心,再加上恒心与创新,这是老师的成功秘诀——三心(新)!”

是啊,卢鹤绂正是本着仁心、恒心与创新,靠“钉子精神”一点又一点地顽强突破,才有了那么多项“第一”、“首次”的惊人成就。

谈谈讲讲中,不觉走到了山脚。回望巍巍泰山,卢鹤绂感慨不已:“要说泰山,物理学才是真正的泰山,真正的北斗啊,她是一切科学技术的母亲!”

沈葹听了卢鹤绂的说法,很觉新奇。她开始以为,卢老师自己从事物理研究,是有成就的物理学家,自然偏爱物理,高度评价实属正常。但是在回程途中,她越琢磨老师的话,越有感触。如果从物理学是整个自然科学的基础来认识,从经典物理学研究成就与近代工业革命发展的关系来思考,从经典电动力学、相对论、量子物理等的建树促使20世纪历次技术革命发展的角度来考虑,再从物理学还将在21世纪继续开发出无限广阔的应用新天地来展望……就会真正体会老师的这句话,就会理解他把物理学喻为“科学技术的母亲”其中蕴藏的丰富含义。

沈葹把自己的所思所悟一一道来,卢鹤绂赞许地点着头:“甚合我心,深合我心!孺子可教!今天我可是把‘秘诀’都传给你啦。”

“谢老师教诲!”沈葹顽皮地做了个抱拳拱手的动作,又引起了众人一番笑声。

由于行程紧张,卢鹤绂只到济南大槐树街旧居和幼时就读的小学看了看,未能回故乡掖县(1988年撤县改设莱州市)寻根问祖,可称憾事，但山东一行尤其是登上泰山，让卢鹤绂有了不同寻常的感悟，行走于家乡的山山水水，他似乎找到了思想与灵感的源头活水。卢鹤绂不禁从心底赞叹：真不愧是一泰一岱一圣人之地啊！

从美国访问归国后，卢鹤绂在到各地报告讲学的同时，还撰写了大量的理论文章。

1982年7月，他为《上海物理小报》创刊号撰写了《物理学及其对人类社会实践的作用》一文。

1983年，他为《数理化园地》撰写了《二十世纪物理学——从电子、光子到W^+、W^-、Z^0粒子》一文。

1984年，卢鹤绂应《应用科学学报》的邀请，撰写了《技术革命的由来和展望》一文，发表在其第2卷第2期第95至105页上。他在这篇论文中论述了历次技术革命同物理学研究成就之间的关系。

接待钱三强来访（1982年）
左起：卢鹤绂，钱三强，杨福家，华中一

第十六章　应邀到全国各地的讲学活动

中国引力与相对论天体物理学会第二届全国大会后留影（1983年）
左2卢鹤绂，左4施汝为，右5周培源

　　1984年10月，卢鹤绂在全国中学物理教学改革学术讨论会上，做了题为《从新技术革命谈中学物理教学改革》的演讲，这次演讲的内容随后在《物理通报》上发表。

　　12月，卢鹤绂的重要著作——《哥本哈根学派量子论考释》由复旦大学出版社出版。书中对哥本哈根学派关于量子论的观点、言论和态度，实事求是地作出了实质性总结，供物理学家和哲学家们做进一步研究。出版后，该书引起了广泛的关注。

　　同时，卢鹤绂还应邀撰写了《再释量子力学的哥本哈根'正统理论'》，发表在1989年《自然科学年鉴》上，此文评论了量子力学解释的最近突破性进展。

　　这期间，卢鹤绂在复旦大学先后指导了两名硕士生和两名博士生。卢鹤绂先后同博士生毕品镇联名发表了3篇研究论文：一是1985年发表的《关于EMC效应及核的夸克胶子模型》，二是1986年发表的《中子结构函数及核效应》，三是1988年发表的《Preu—ran过程中的核效应》。

1985年,71岁的卢鹤绂应邀为复旦大学成立80周年题词:"格物致知,运用自如。"对于这样的题词,许多人不解,卢鹤绂微笑着解释道:"格物实质上就是物理。从现代的眼光来看,格就是规格、规律;物就是物质。格物就是把物质的现象规律化。有了这个规律,就可以做出科学的预言,可以指导实践了。"

第十七章　不知疲倦的探索者

1986年的一天,卢鹤绂从复旦大学下班回到家时,发现夫人吴润辉站在门前,样子怪怪的似乎在寻找什么,卢鹤绂上前关切地拉住吴润辉的手,问:"你在找什么呢?"

"我……我……"吴润辉口齿不清,难以用语言表达心中的意思。

卢鹤绂知道夫人是患病了,立即送她去医院,经医生诊断,吴润辉患了严重的老年痴呆症。

为了照顾吴润辉的生活,卢永亮和马开桂夫妇要雇一个保姆。有人介绍了一位安徽桐城的姑娘陈骅靖,年方19岁,长得个子不高,身体瘦瘦的,一副弱不禁风的样子。因为姑娘家境贫寒,便托亲戚帮助进城谋一份保姆工作。当她得知卢永亮家的情况,当即表示非常愿意做这份工作。

马开桂把陈骅靖带到家里,陈骅靖放下包裹就开始收拾房间,当她在书房看到卢爷爷满屋子的书籍和墙上的锦旗、证书、奖状时,深深地被吸引住了。做饭时,她怀着忐忑激动的心情走进了厨房,跟着马开桂一起做了土豆泥饼、牛肉丝炒洋葱、番茄炒鸡蛋、红烧豆腐、炒青菜、火腿冬瓜汤等。马开桂还特别交待她说:"这些菜,都是爷爷奶奶最喜欢吃的。"

傍晚,卢鹤绂和吴润辉一起回来了。马开桂把陈骅靖介绍给父亲,卢鹤绂见这位瘦小的姑娘为人老实,勤劳能干,非常满意,说:"小陈,过

在复旦大学第九宿舍书房中工作(20世纪80年代)

来和大家一起吃饭吧。"

这里没有什么主仆关系,就像是一家人。卢鹤绂吃一口菜说一声好,还不时地夸奖小陈。饭后,卢鹤绂又问了小陈一些家里的情况,然后说:"小陈,你以后就叫我们爷爷奶奶吧。"

陈犇靖说,她不但有幸能在卢鹤绂爷爷家里做保姆,更幸运的是得到了卢爷爷的教导和无微不至的关心。卢爷爷不但教她读书识字,还教她唱京戏。卢爷爷非常热爱京戏,他最爱谭派老生,最喜欢的剧目有《四郎探母》《武家坡》《大保国》《三娘教子》等。卢爷爷每次从电视中观看京剧时,总是优哉游哉的,沉浸在京剧带来的艺术享受中。他不仅喜欢看、听京剧,而且还会演、唱京剧,每次看京剧时他都用手在腿上一板一眼地拍打着节奏。看完京剧后,卢爷爷经常颇有兴趣地从做戏谈到做人,以及人品人格之类的问题。陈犇靖还深情地回忆说:"爷爷经常教导我说,京剧是中华艺术的瑰宝,京剧能宣扬忠孝仁义,贤德恭俭礼义,这些做人的道理不能不听,是中国人就不能抛掉。要世世代

第十七章 不知疲倦的探索者

传下去,把它发扬光大,让世界人民都懂得中国的艺术。"在卢鹤绂的感染熏陶下,陈犇靖也慢慢地喜欢上了京剧,她也经常跟着卢鹤绂一起看京戏。有一次,她被戏里的剧情感动得流下了眼泪,卢鹤绂指着她高兴地说:"有出息,是个聪明的孩子。你不仅是看故事,而且看戏里的人物,真是孺子可教也。"陈犇靖每当想到这些情景,心里总是激动不已。

陈犇靖不管做什么事,看什么书,卢鹤绂总是耐心地教导。由于她只有初中文化,所以卢鹤绂在教导她的过程中是非常耐心的。她有时对于一个问题,会问上几次才能正确掌握,可是卢鹤绂从来没有不耐烦,都是认真细心地教导。卢鹤绂还教陈犇靖学习英语,由于她在家乡读书时根本没有学过英语,26个字母一个也不认识,卢鹤绂就一个一个字母地教她。读单词发音不准,卢鹤绂就一个单词教她十几、几十次,不厌其烦,直到完全教会为止。一个闻名世界的大科学家,一个桃李满天下的教育家,如此耐心地关心和教育一个从农村来的小保姆,这种诲人不倦的精神,神似孔子"有教无类"的教育思想,这也是我们伟大中华文化的优秀传统。

1988年的一天,卢鹤绂对陈犇靖说:"小陈啊,我请你做我的干孙女,不知你同意不同意?"

陈犇靖听了,愣了好一会,她想自己一个来自农村的小姑娘,什么都不懂,怎么配得上做一个科学家、大教授的干孙女呢?她就把自己的想法说了出来。

没想到卢鹤绂用极其温和的语气对她说:"人无贵贱之分。从你到我家来的第一天起,我就没有把你当外人看待。"

就这样,陈犇靖成了卢鹤绂的干孙女。后来,陈犇靖逐渐体会到,卢爷爷是真心真意地爱护她,就像对自己的亲孙女一样关心她、教育她。卢爷爷不但对她如此,对自己的学生也是如此。不论学生的贫富、学历、家庭成分、出身背景等,他都平等对待。他的科学宗旨、他为人的精神风骨传给了一代又一代的学生,这些都是非常宝贵的精神财富。

1991年,卢鹤绂帮助陈犇靖在外面找了一份工作,但是仍然让她住

《卢鹤绂侧影》作者古江(右)采访陈桦靖(2002年)

在自己家里,仍像以前一样地关心她,还常把儿子儿媳从美国、加拿大带回来的食品和营养品留给她,甚至把衣服和鞋都送给她。有一年冬天,卢鹤绂看到陈桦靖的脚上长了冻疮,就把一双内外都是羊毛的高筒皮靴送给了她,这双皮靴陈桦靖一直穿了4年,不仅温暖了她的脚,而且温暖了她的心。后来,卢鹤绂看见她的皮鞋穿破了,就又送给她一双羊皮鞋。陈桦靖后来得知,这些鞋都是马开桂从加拿大带回来的,爷爷舍不得穿,送给了她,爷爷对她真是像亲孙女一样亲。

  陈桦靖在卢鹤绂家里一住就是11年。她按照卢鹤绂的安排,在工作之余进行了一些专业知识的学习,后来,她应聘进了一家贸易公司做出纳,再后来,她创办了自己的公司。至今回忆起来,陈桦靖仍觉得卢爷爷的音容笑貌犹在眼前,爷爷的思想作风、为人处事、人格魅力永远值得她景仰和学习。卢爷爷对她的帮助教诲终生难以忘怀,无法用语言表达……

  1987年12月底,卢鹤绂到北京京西宾馆出席九三学社中央委员会议。会议开幕时,卢鹤绂还很有精神地参加了全部议程。开幕之后,座谈讨论,卢鹤绂还发了言。不料,这天半夜时分,卢鹤绂突然感到左小腿剧烈地疼痛,开始似乎像抽筋的感觉,然后左半边身子无力……京西宾馆的工作人员和大会医护人员赶紧送他到北京医科大学附属医院抢救。经诊断,是因会议期间控制饮食不力,导致血糖上升,引发脑血栓,形成中风,必须住院医治。

卢鹤绂的侄女卢瑜得到消息,急急忙忙地赶到医院照料伯父。几天后,卢鹤绂的病情好转,卢瑜又护送伯父回到上海,在华东医院继续进行治疗。

春节前夕,卢鹤绂要求出院。在卢瑜和卢永亮、马开桂夫妇的搀扶下,卢鹤绂回到家中,在儿子、儿媳的精心服侍下,继续服药治疗。卢鹤绂这次意外犯病,治疗时间长达两年半之久,病愈后留下了后遗症,左腿行动不便,外出需要人扶助。医院进行复查后认为,其脑血栓中风症已恢复80%,尚有20%后遗症,仍需服药治疗。

在患病、养病期间,尽管不能开展科研工作,但卢鹤绂仍然没有忘记要为后人留下宝贵的历史资料,他写下了《往事回忆》,回顾生平,总结自己学习与科研的心得。1990年,写毕这篇长篇回忆录,卢鹤绂引用古人之言表达了自己的心情:"少壮轻年月,迟暮惜光辉";"年在桑榆间,影响不能追"。此文当年即在卢鹤绂的故乡莱州市政协编印的《莱州文史资料》第四辑发表,后于1991—1992年分5期在《现代物理知识》连载。

卢鹤绂的病渐渐恢复之际,吴润辉患老年病已两年多了,两人相依为命,互相照顾。卢鹤绂的病情稍有好转时就要开始工作,而此时吴润辉的老年病甚为严重,她不能讲话,不会表达,不知饥饱,不会认人,但她却知道每天拿一本书、一本字典和一支笔,像几十年来一样,坐在丈夫卢鹤绂的双人大书桌对面,极其认真地、不停地翻书、查字典、标拼音……从早忙到晚,直到上床睡觉。

开始的时候,吴润辉每天同丈夫同时"上班",各看各的,各写各的。后来,吴润辉需要卢鹤绂帮她将书、字典和笔拿到书桌上,然后像以前

伉俪情深(1985 年)

一样看书。再后来,每天卢鹤绂拿着吴润辉的书、笔和字典等,拉着吴润辉的手,克服自己也半身不便的困难,一瘸一拐地将她送到她的位子前,然后再回到自己座位前,各做各的。这个时候,卢鹤绂坐在吴润辉的对面,深情而怜惜地看着吴润辉说:"你这个样子,我也不知道你心里想的是什么……"

再后来,吴润辉已经不会看书写字了,卢鹤绂便拿着书,坐在她的身边,边看书边陪她说说话,不时地为妻子擦擦口水、理理衣服。虽然家里有保姆,但卢鹤绂仍然坚持天天自己这样做。陈恓靖每每看到卢鹤绂在病中深情照顾病重妻子的感人情景,不禁既感叹,又羡慕。

卢鹤绂虽然是世界闻名的大科学家,但是他向来十分重视细节,一些看似很小的事情,无论是工作上的,还是家庭生活中的,他都一丝不

第十七章　不知疲倦的探索者

笔耕不知岁侵人（1993年）

苟地去做。吴润辉由于患老年痴呆症，慢慢失去了语言能力，他总是十分细心地照料妻子。每天清早，他总要吩咐陈犇靖多买多做些吴润辉爱吃的东西；吃饭时，卢鹤绂总是给妻子夹菜；晚上睡觉前，先给妻子盖好被子；半夜里，总要起身帮妻子整理整理被子……

1993年8月底，吴润辉病重住进了新华医院。卢鹤绂非常关心她的病情，他不顾夏天的酷暑和自身的劳累，经常去医院陪伴妻子，并叮嘱陪床的儿子、儿媳及陈犇靖，每天都要做好记录，包括哪位医生看的病，哪位护士值的班，吃的什么药，用药量多少，吴润辉的体温是多少，血压多少，以及饮食情况等等，都要记录得一清二楚。每天晚上，儿子、儿媳把陈犇靖从医院换回来的时候，陈犇靖都要向卢鹤绂汇报吴润辉在医院一天的情况，当听到吴润辉一切正常时，卢鹤绂总要对陈犇靖说一句："你辛苦啦！"

然后，他又把陈犇靖汇报的情况很仔细地记在日记里……

卢鹤绂为夫人吴润辉落葬(1993年)

1993年10月10日,吴润辉医治无效去世。卢鹤绂心中十分悲痛,他在儿子卢永亮、卢永芳的搀扶下凝望着妻子的遗容,久久不愿离开……

虽然卢鹤绂的身体有病,行动不便,但他仍然坚持工作。1988年3月,卢鹤绂拖着行动不便的身体去北京参加全国政协七届一次会议。他在大会发言说:"大学培养人才应该大量进入工业企业。可是我们国家大学毕业生不是大量进入工业企业,而是留在学校或到机关,博士等高级人才到企业的更少。因此,工业企业研究发展的能力差。美国工业企业高级人才多,研究发展能力强,经济实力就强。一个工业企业办得好不好,有无发展前途,就看其研究发展部门怎样。我国科技人才到企业去,要受到很多阻碍,这个问题应该解决。现在我们还有廉价劳动力的优势,50年后这个优势就没有了,因为那时机器人已普及了。也不能依靠'地大物博',按人口平均计算,我们称不上'地大物博'。如果再不合理利用人才,让大量人才特别是高级人才进入工业企业,我们的后代就没有饭吃了。这个意见我在上届政协会提过两次,没有得到满意的答复,这次还要进一步提出有关的提案。"

后来,大胆直言的卢鹤绂又在全国政协七届五次会议上再次强调:"当前紧迫的任务是要使知识分子服务于工业,把科技知识带到工业里去。工业部门必须创造条件把高级科技人才吸收进去,建立和健全工业部门自己的研究与开发部门。"

全国政协会议结束后,卢鹤绂又顺道赴天津探望已经98岁的老母亲崔可言。旧宅早在50年代初卖掉,迁入现今的贵州路吉安别墅1号。卢鹤绂一进家门,就去母亲屋里问安。他看到母亲身体硬朗,心中十分高兴。三妹卢鹤桐一直在天津家中侍奉母亲,卢鹤绂拉住她的手说:"三妹,你辛苦了。"

"大哥,你不要这么说。"卢鹤桐对卢鹤绂说,"侍候母亲是我的责任,你就放心吧,这是我应该做的。"

"好!看到母亲的身体安康,你的身体也很好,我就放心了。"

卢鹤绂在天津住了一夜,陪母亲说说话。第二天,依依不舍地离开天津返回上海。

1988年7月,卢鹤绂作为中国著名的物理学家,被收入由曾少潜主编、中国青年出版社出版的《科技名人录》。该书除了介绍他所担任的社会职务外,主要对他的科研成果做了历史的、全面的报道,认为"卢鹤绂在物理学许多方面做出了创造性的贡献"。

1988年10月,在卢鹤绂从事科学研究工作50周年之际,中国科学院授予他荣誉奖。时任中共中央政治局委员、上海市委书记的江泽民同志到场对卢鹤绂表示慰问和祝贺。

1989年11月,中国科学院授予卢鹤绂中国科学院荣誉奖章。

在1990年《中国科学院院刊》第2期上刊登的《不知疲倦的探索

者——卢鹤绂》一文中,作者毕品镇、唐廷友对卢鹤绂所作所为给予了较全面的评价。该文的主要部分已于1989年12月24日在《科技日报》上发表。该文认为:"随着现代科学技术的发展,卢鹤绂也不断更新着他的研究课题。近年来,高能物理发展很快,高能物理与核物理的关系越来越密切。新的实验发现了一些原有的核理论难以解释的新现象,这是否意味着必须考虑夸克自由度的影响,是否必须对夸克的构成作新的认识,是否有可能产生夸克胶子等离子体,这是目前各国核物理和高能物理工作者所关心的一个重大课题。对此,卢鹤绂正带领他的课题组紧张地进行着研究,为了祖国科学事业的发展,为了祖国的繁荣富强,他不知疲倦地工作着、探索着、奉献着。"

卢鹤绂的母亲崔可言百岁寿辰留影（1991年）

1991年5月19日,是卢鹤绂的母亲崔可言百岁寿诞(虚岁)。卢鹤绂带领全家人从上海赶到天津,卢鹤绂在美国的以及在全国各地的弟弟、妹妹,均带领全家人赶了回去,全家人围坐在母亲崔可言的身边,一齐为母亲祝寿。天津市政协的领导也赶来祝贺崔可言的百岁生日。

1992年3月11日的晚上,卢鹤绂在上海家中得知,已经101岁高龄的母亲崔可言在天津家中过世,立即连夜赶到天津。一进家门,卢鹤绂就在母亲遗像前跪下,恭恭敬敬地叩了3个响

崔可言百岁寿辰与长子、长孙、长曾孙合影(1991年)

头,哭道:"母亲……儿子回来晚了,没有见到母亲的最后一面……"

这时候,卢鹤绂的弟弟、妹妹等人一齐上前搀扶起大哥,劝慰他说:"大哥,母亲活了101岁,是含笑离开人世的……"

卢鹤绂在次子卢永亮的搀扶下,起身瞻仰母亲崔可言的遗容,并给母亲守灵……

卢鹤绂手持拐棍,坚持站着参加了母亲的追悼会。

1992年,《自然杂志》在第14卷第12期上发表了吴水清先生全面介绍卢鹤绂和他的科学贡献的文章《驰骋在物理世界——记卢鹤绂教授》,从"'称原子重量'的中国人"、"首批精通原子弹秘密的中国科学家"、"'卢鹤绂不可逆性方程'的创立者"、"不断探索、勇于进取的物理学大师"和"出类拔萃的教育家和著作家"等方面分析了卢鹤绂的科学

卢鹤绂在母亲遗像前(1992年)

成就,认为他是蜚声世界的物理学大师。

《现代物理知识》杂志以书面的形式,发起了"关于物理是什么"的大讨论,在记者向卢鹤绂提出"学习物理最好的方法是什么?在学习与研究中应注意哪些问题"时,卢鹤绂以简洁精练的语言回答:"通权达变,灵活运用。学而时习,运用自如。"他还认为,从事物理学研究和教学的人,应该具备"知而告人,告而以实,仁信也"的品质。

卢鹤绂的同事、学生们对他有个共同的评价,那就是卢鹤绂讲课是出了名的好。"两弹一星元勋"王淦昌说:"学生们非常拥护他,因为他课讲得好。他会演戏的嘛,像演戏那样教课,当然受大家欢迎了。"

从登台演出中,卢鹤绂确实领悟到不少教书育人方面的道理。比如:

梨园行讲究"戏大如天",也就是强调爱戏、敬戏;当老师首先就要自问爱不爱你所授的课?如果授课者自己都觉索然无味,当然谈不上吸引听众了。

演员公认:台上一分钟,台下十年功;做一个合格的教师,自己的理论功底首先要打牢。

演员如果唱、念、做、打只工其中一门,是无法上台演出的;教师最好也要力争做个通才、杂家,不能只熟悉一门课程,学习借鉴、取长补短、完善提高是必要的。

演戏讲究角色之间配合默契,程式不可错乱;教师备课时如果自己理解得不深不透,头脑中只有一大堆原始资料,未整理出清晰的思路,则讲课时必定乱成一团糟。

演戏要进入所演的角色,才可引人入胜;教课则要进入学生的角色,真正关心学生、了解学生,经常想到学生还有哪些没学会,还要克服哪些障碍才能掌握知识,教学内容和方法要合学生胃口。

京剧道白不但合乎规则文法,而且咬字吐句清楚,重点突出;授课时遇到重要的、复杂的内容需要强调,就要借鉴京剧道白。

演戏是通过生动的故事情节吸引人、打动人,进而教育人;授课时要采取启发式教学,方法要灵活,引导学生积极思考,而非僵硬灌输。

名角名派都有鲜明的风格,独树一帜;教师授课也要用自己独特的语言,而非照本宣科,才可生动活泼,让学生易于接受。

……

卢鹤绂的学生谷超豪院士总结得最到位:"卢老师有四好:学问好,人品好,教学好,唱京剧好。"

第十八章 坦然面对"与诺贝尔奖擦肩而过"

1993年初,已经79岁高龄的卢鹤绂应邀参加由《现代物理知识》杂志主编发起的关于诺贝尔物理学奖与中国人无缘的讨论,讨论过程中,有人向卢鹤绂发问:"大陆中国人是否与诺贝尔物理学奖有缘?"

卢鹤绂早已悟出了真谛,他用遒劲的笔迹书面答复:"开天辟地,创出新领域,自然得之;模仿练习,细游旧山河,只能失之。"

在世界物理学界,早就有一种共识,那就是在中国的科学家中,卢鹤绂曾与诺贝尔物理学奖擦肩而过。

1940年至1941年期间,卢鹤绂在美国明尼苏达大学获得博士学位时,正与两位美国物理学家共同研究一个重要课题;而此时正是中华民族处在被日本大肆侵略的生死存亡的最困难时期,为了赴国难,卢鹤绂毅然决然地退出了那个相当了不起的研究小组,离开美国回到中国,投入到抗日救亡的洪流中。

在卢鹤绂回国不久,与他共同研究那个重要课题的美国同事,就是因为参与此课题研究而获得了诺贝尔物理学奖。

20世纪80年代初期,美国著名物理学家、诺贝尔物理学奖获得者巴丁教授在上海科学会堂作报告的时候说:"如果卢鹤绂当年留在美国的话,他肯定会获得诺贝尔物理学奖。"

为此,国际上曾经有人说:"卢鹤绂教授太爱他的国家了,这是他个人的悲剧……"

每当谈及此事,卢鹤绂总是微笑着说:"我是中国人,学了东西,当然要报效祖国,传授给学生。这是我的荣幸,怎么可能是悲剧呢……"

1993年,卢鹤绂被英国剑桥国际传记中心授予"20世纪成就奖",并被载入《国际传记辞典》。

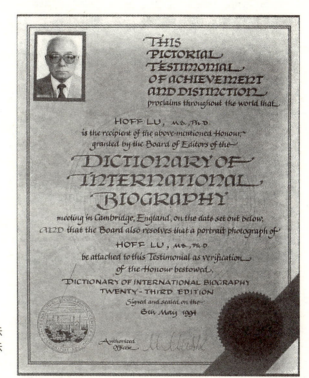

入选英国剑桥国际传记研究中心《国际传记辞典》

同时,卢鹤绂被美国传记研究院授予"国际承认奖",并载入《世界五千人物》(第四版)。

还是在1993年里,卢鹤绂被美国休斯敦市市长鲍伯·蓝尼及14位市议员联署授予"荣誉市民"和"亲善大使"称号,并颁发证书。

1993年3月27日,美国《国际日报》报道了卢鹤绂物理学成就频获国际承认的消息。

4月30日,美国《国际日报》报道:"卢鹤绂研究物理成就出众,荣获美国传记研究院表彰。"

5月13日,美国《国际日报》详细报道了卢鹤绂在美国的获奖情况:

卢鹤绂为中国科学院学部委员、国家一级教授、前复旦大学校务委员会副主任、美国纽约学院常任院士、美国康奈尔荣誉教授。

殊荣有:

一、载入英国剑桥国际传记研究中心《国际传记辞典》。

二、载入英国剑桥国际传记中心《国际杰出成就名人录》。

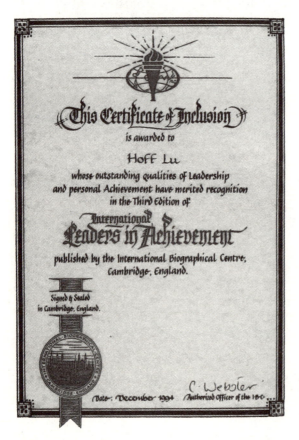

入选英国剑桥国际传记中心《国际杰出成就名人录》

三、载入英国剑桥《国际智者名人录》。

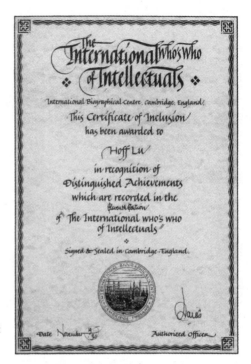

入选英国剑桥《国际智者名人录》

四、载入英国剑桥国际传记中心《世界权威500人》。

入选英国剑桥国际传记中心《世界权威500人》

五、载入美国传记研究院《国际杰出权威名录》。

入选美国传记研究院《国际杰出权威名录》

6月，美国休斯敦台湾同乡会主办的《台湾乡讯》报道了卢鹤绂在美国获奖的情况，同时介绍了卢鹤绂的科研成果。

7月10日，美国《国际日报》报道了卢鹤绂荣获大奖及休斯敦市长致函祝贺的消息。

10月，卢鹤绂担任编委会副主任的我国第一部大型《中国消防全书》丛书，由吉林人民出版社出版。

第十九章　愿"再为祖国服务20年"

1994年6月7日,上海市政协、上海市九三学社、中国科学院上海分院、上海市原子核科学和技术学会、上海市物理学会、上海原子核研究所和复旦大学等单位为庆贺卢鹤绂执教60周年和诞辰80周年,举行庆祝大会。国务委员宋健、中国科学院院长周光召联名发来了贺信,中国科协主席朱光亚发来贺电,上海市委副书记陈至立委托专人送来了鲜花及贺卡。

庆祝卢鹤绂执教60年暨80寿辰大会主席台(1994年6月7日)

卢鹤绂在孙女卢嘉、孙子卢晓搀扶下步入宴会厅(1994年)

卢鹤绂在祝贺大会上即席发言,从内心喊出了"再为祖国服务20年"的心愿,他声音洪亮地说:

"我今天感慨万千,一晃我已80岁了。老黄忠啊,我不敢当。刚才各位同志的评价,我实不敢当啊!(激动不已)我感到我回国后所作的贡献,远远不像大家所说的那样。年轻的时候,那时的国家提倡工业救国,所以,我开头在大学预科念的是机电系,那时机械、电工是不分的。后来又提倡科学救国,我就转到物理学,我要考燕京大学,改学物理了。燕京大学是美国人办的教会学校。毕业后,一个英国籍的教授,是位有名的物理学家,叫班·威廉,还有他的朋友,是个美国人,在协和医院工作。他们两个人介绍我去美国明尼苏达大学进修,我就去了。在那待了5年,3年得到硕士,再有两年得博士。有很多朋友问我,你怎么不留在美国?因为回来,就等于

第十九章 愿"再为祖国服务20年"

从天上坠到地狱,那时中国生活很困难。我在没有得到博士的时候,广东中山大学校长就把聘书寄给我,聘我为教授。如果我要留在美国,我还要从讲师开始,讲师完了还要助理教授,助理教授完了还要副教授,副教授之后才是教授(笑声)。可是,中山大学在我还没有拿到博士的时候,就给我正教授,这个吸引力很大(笑声)。所以,我不怕艰苦,回到祖国来了。

那时生活是很困苦的,我就不描述了。我一个月的工资,够我们一家三口半个月的开支,另外半个月是我从美国带回来的美金每月补充,一直补充到抗战胜利,也就是1945年,我的美金贴补完了。回到杭州,待遇高了,就可以够了。解放后更好了,特别是1956年,我被提升为一级教授,那个待遇相当高了,生活好过。

我回国服务,还有一个原因,我愿意当教授。因为教授在社会上受人尊敬,在各个地方都是这样。我举一个例子,日本人打桂林,我逃难进入贵州,经过什么地方呢,经过元宝山。最近报上不是登了吗,我们上海也有人参加,去考察野人(笑声)。逃难时经过元宝山,正好到过福禄镇那个地方。报纸登了福禄镇发现野人,可那个时候我没有发现野人(笑声)。

我走这条路是很危险的,是土匪窝。贵州那里的土匪,是先杀人后抢,身上什么东西都抢,什么也是好的。那时,我在广西大学教书,广西大学派了3位教授,一位是体育教授,跟我很好,带着礼品,到土匪窝里去,叫拜山(大笑)。说拜山哪,有一位教授经过贵地,请你们保护。这个土匪头子听说广西大学教授,特别恭敬(大笑),开宴款待(大笑),然后发了三角形杏黄旗(笑声四起)。每条船上插一个杏黄旗,沿途土匪秋毫不犯(笑声,掌声)。所以,我们平平安安到达贵州苗族自治县,苗民之都榕江,我在那儿待了两年。看来教授这个名字起了作用哇(笑声不断)!连土匪也很尊敬教授哇(掌声四起)!

所以我感觉教授这一行，我觉得还是挺不错的。尽管我当初的愿望是工业，应该在工业部门作贡献，而现在却在教育战线上作点贡献。

刚才说我在政协提的提案不少，其中主要的就是院校学生必须绝大部分服务于工业。这个我自己有感觉，这个感觉我在北京政协会上讲过，在上海政协会上也讲过。我是明尼苏达博士，明尼苏达我待了5年，物理系平均每年培养出两个博士，一共10个博士。我是1/10，我回国了。后来美国康奈尔请我作荣誉访问教授，我又回到美国去了。我打听：过去的10个博士，还有9个都去干什么了？原来9个博士一个也没有教书，就我一个人教书。9个博士有一个是瑞士人，他得了博士后回到CERN，当了研究员，此人叫约亥，写了一本书，在欧洲核子研究中心工作，其余的8位都在工业部门。所以，我的看法更加强了，从大学培养出来的物理学家，应该到工业部门去。而我们中国工业部门好像还没有，这是非常令人可笑的，说明我们的教育有值得探讨的地方，我对此有不同看法。但是，这个不同看法，我没有公开发表，因为我怕外界影响不好（笑声）。那时向老大哥学习经验，开了那些课程，我心里是不赞成的。物理就是物理嘛，基本原理都懂了，哪有死死板板的一定要这样那样，把人们的智慧都束缚住了。外界都向老大哥学习，我就不敢恭维了（笑声）。

我在美国搞的是实验，一天到晚在实验室里，自己造仪器，所以硕士、博士论文都是自己造仪器。买来的仪器做出的工作不算数，不是你的本领，尽管买来的仪器便利得很。现在不同了，美国也是买来仪器做论文，我那时不一样，现在时代不同了。

我感到惭愧，我回来没有条件做我要做的实验，现在条件恐怕也不行。物理学不能跟在人家屁股后面跑，应当闯出新

第十九章 愿"再为祖国服务20年"

的东西来,才有意义。不管是大小,只要是新的。要有所发现,有所发明,有所创造,有所前进,这是毛主席告诉我们的。前些日子我在物理学会上讲话,添上了有所发财(全场大笑)。

我今天不愿意耽误时间太多,(问主持人:还有时间?)还可以讲(大笑,鼓掌)。抗战8年,我抗战5年,抗战第三年我回来。那5年很有意思,在广西、贵州的风光,在美国是没有的,祖国还有这样好的地方。一路上虽然苦,我觉得收获很大,特别是从柳州到贵州这一段,跟《儒林外史》讲得差不多,我觉得增加我很多见识。同时,生活苦点没关系,我得到我的贤内助吴润辉的支持,她比我行,很能耐,可惜她已经过世了。烧饭、洗衣都是她呀,我不过劈劈柴就是了(笑声)。这种苦,是苦,很有意思。

我们国家太大,我没有去的地方太多,我现在想去也不能去了,我的腿不行了。甘肃我没去,云南我没有去,福建我没有去,但是我想去。年龄大了,我想去也不行了。

我本来在美国,硕士、博士都是搞实验的。但为什么回来搞理论呢?回来没有实验条件,教书改理论比较容易,也就改理论了。再回去搞实验我嫌麻烦了,我也懒了。刚才各位同志的夸奖,我感到过分了,我给国家的贡献,还不是我想象的那么大。我现在80岁了,我很希望再奋斗20年,活到100岁(鼓掌,长时间鼓掌)。

我母亲活了101岁,我有可能活到100岁(鼓掌)。

我还有20年。20年,我只能在家里看书,我希望还能给国家做点贡献。想是这样想的,能不能做到,我就不晓得了。我现在还是注意最新的发展,夸克理论都出来了,原来的核理论就没多大意思了。这种夸克理论我早就讲过,无论是中子、质子,里面的结构谁晓得?果然,有人提出夸克概念,但至今还没有发现夸克的自由存在。

最近,报上刊登了,美国费米实验室有迹象证明,最后一种夸克——顶夸克的存在,这是一个很大的贡献。据说,参加这项工作的有400多位物理学家,可见仪器的复杂,没有这些仪器是不能办到的。看来顶夸克是完全可以证实了,顶夸克比底夸克重,底夸克比粲夸克重,粲夸克比奇异夸克重,奇异夸克比下夸克重,最轻的要算上夸克了。400人获奖,奖金给谁啊？我看不一定给了。关于物理探源,这个我很注意。太远了,我怕搞不成。我基本上是个物理学家,要靠物理思想,其他的仅仅是工具与手段而已。有了物理思想,没有条件成果也出来了。像不可逆性方程,我就凭一般概念,也就弄出来了。苏联人抄我的,不提我,他对不起我（大笑）。不过,他已经死了,也不追了（大笑）。

我谢谢各位来这里祝贺,不辜负各位同志的期望,我还要奋斗下去,奋斗到100岁！"

6月8日,上海《文汇报》第三版对庆祝会做了专门报道,认为:卢鹤绂教授是一位具有国际声誉的科学家,以他的名字命名的"卢鹤绂不可逆性方程"已载入世界物理学史册,他还为我国培养了杨福家等一大批科技人才。在庆祝会上,卢教授声情并茂地回顾了当年学成归来、历经艰辛报效祖国的往事,令与会者为之动容。他至今仍关注着物理学发展的最新成果,说来如数家珍,并大声疾呼:中国物理学要有所发现和创新,学物理的人士要更多投身于工业部门以推动经济发展。

据吴水清、卢嘉主编的《卢鹤绂年表》中记载,在卢鹤绂80大寿之际,1994年1月18日出版的《现代物理知识》杂志第6卷第1期发表署名文章,庆贺卢鹤绂80华诞。除了刊登芜茗所写的《中国著名物理学家——卢鹤绂教授》专文外,还编发了卢鹤绂5张照片。

1月22日、29日和2月5日,美国《自由人报》转载香港《新晚报》子青的《揭露原子弹秘密的第一人——卢鹤绂与原子弹秘密》,文章认

与复旦大学物理系老学生合影(1994年6月7日)

前排坐者:左1宗有恒,左2方林虎,左5卢鹤绂,右1袁桀,右2金兆良,右3倪光炯
后排站立者:左1潘笃武,左2贾玉润,左3蔡怀新,左5陶瑞宝,左6凌燮亭

卢鹤绂80寿辰与家人合影(1994年)

为：卢鹤绂第一次在国内全面介绍核裂变的实验发现和理论认识及其大规模利用的可能性,第一次在国内阐述重核裂变所释放的能量可供大规模利用的原理。在国外,卢鹤绂被誉为"第一个揭露原子弹秘密的人"。卢鹤绂从1937年开始从事科学研究起,在物理学的范围内做出了多方面的创造性贡献。

1994年5月18日出版的《现代物理知识》第3期上发表秋埔撰写的《以中国人命名的物理学名词》,从"扩充'纳威尔-斯托克斯方程'"、"首次命名'卢鹤绂不可逆性方程'"和"卢鹤绂不可逆性方程永彪史册"3个方面介绍卢鹤绂对于不可逆性方程的历史成就。

1995年春,卢鹤绂接待了一位不速之客郑志鹏,他的父亲郑建宣是1943—1945年卢鹤绂在广西大学任教时的物理系主任。那时郑志鹏才3岁,他后来常听姐姐回忆当年卢郑两家交往的往事,这次是借到上海开会之机前来拜访。一转眼就是50年,卢鹤绂感慨不已,跟郑志鹏谈起了与其父郑建宣共事时的情形。更难得的是,郑志鹏大学读的是核能专业,两人话题投机,大谈物理学方面的新研究、新发现,足足聊了3个钟头。要分别了,尽管腿脚行动不灵便,但卢鹤绂还是坚持送这位老朋友的儿子下楼,这让郑志鹏感动不已。

其实,卢鹤绂对每一位来访的客人,包括自己的学生,都是满腔热情,真诚相待,彬彬有礼。甚至到后来坐上轮椅了,他还是坚持把客人送到电梯门口。

宽容宽厚,平等待人,与人为善,是卢鹤绂为人处世的一贯准则,无论对上、对下,还是对平辈平级,他都是平等相待。每次去政协或者九三学社开会,不管严寒还是酷暑,他总要提前下楼等车,从不让驾驶员等候。有一次预约时间过去十几分钟了,车子还没到,因为是大夏天,卢鹤绂腿脚又不方便,扶着他等车的保姆都着急了,卢鹤绂不仅没生气,反而对保姆说:"谁都有出错的时候,我们要体谅别人,再多等一会儿吧。"后来知道是驾驶员搞错去接别人了。

对于青年学者，卢鹤绂像对待自己的孩子一样，在思想、生活、学术研究各方面关心、爱护、培养他们。1960年至1961年是我国的经济困难时期，在北京召开"中国第一届和平利用原子能会议"期间，伙食比较差，大家吃的都是大馒头、白菜汤，卢鹤绂是教授级，外加一盘鱼。但每次吃饭他总是叫大家一起吃，共同分享这盘难得的鱼。卢鹤绂带的第一个研究生张守业常去老师家里请教，他每次来卢鹤绂都留下他一起吃饭。当时卢鹤绂是一级教授，月工资为363元，张守业为55.5元。所以，每当张守业来家里，卢鹤绂就要多加几个好菜，让张守业改善改善生活。

张守业研究的题目是"钚239裂变截面积与入射快中子能量关系"，为了解释实验，要用到Vogt多能级公式，其理论计算极其繁琐。卢鹤绂就亲自找到复旦大学党委书记王零，讲清楚研究的意义。王零当即拍板，买了40部手摇计算机（当时电子计算机刚刚起步），并配备了40人进行操作。计算整整进行了1年，和试验的结果相符，但仍有偏离。卢鹤绂就抓住研究加速器的美国物理学家程晓伍来沪讲学的机会，带张守业前去请教，在程晓伍指导下，张守业修改完善了论文。为了一个研究生的研究工作，卢鹤绂有如此大的魄力，可以花费如此多的心血，这让张守业感念终生。也难怪他的另一名学生杨福康研究员感慨："卢老师是我一生中最崇敬的一位老师。"

1994年，即将出国留学的倪光炯前来告别。卢鹤绂知道，自己的这位学生3年前突发白血病，虽经各方努力抢救脱险，但前前后后十几次化疗让他身心俱疲，思想不免苦闷。倪光炯拿出自己写的一首诗向老师请教：

叶落霜降又一秋，韶华早自付东流；
箱中旧稿成黄纸，镜里红颜变白头。
卧忆平生犹未悔，欣逢盛世复何求；
豪情渐共潇洒去，语不惊人也便休。

卢鹤绂笑着说:"诗很好,我要保存起来以为留念。"他把诗夹进自己的日记本,然后语重心长地说:"我现在每天打胰岛素,习惯了也没什么可怕的。生老病死寻常事。我倒劝你早日从苦闷伤感中走出来,出去走走也是好事。大难不死必有后福嘛,搞科研的人总要有所作为,要有那么点精神,你还正当壮年,怎么可以'语不惊人也便休'呢?"

看着老师慈祥的目光,听着老师的谆谆教诲,想到老师年逾八旬仍然孜孜以求、从未停下探索的脚步,倪光炯胸中涌起阵阵热浪,他开始下决心对自己的研究做一个根本性的转变。

1995年,吴水清先生撰写的《著名科学家的科研方法》一文,在《物理数学》第17卷第4期上发表,详细介绍了卢鹤绂的"通权达变,灵活运用;学而时习,运用自如"的16字科研法,他认为卢鹤绂的16字科研法的核心是创新。就在这一年,卢鹤绂用他勇于创新突破的"钉子精神",再次把国际物理界的"天空戳了个洞"。他与王世明合作撰写的论文《对马赫原理的一个直接检验》,在《伽利略电动力学》(*Galilean Electrodynamics*)发表,被评价为"开辟了向爱因斯坦相对论挑战的新方法"。

事情的经过要从"文革"时期说起。

风暴一来,尽管没有受到太大冲击,但是卢鹤绂科研和教学的权利是被暂时剥夺了。虽说专业中断,但却有了充分的时间抬头观察更广阔时空里的其他风景,倒也给了卢鹤绂另一种思考的维度,他那永不停歇的大脑开始回顾总结自己的科研历程。1966年夏,在参加复旦理科大批判组的日子里,卢鹤绂又系统梳理了自然科学大事年表、爱因斯坦的有关论著以及哥本哈根学派的量子论言论。统一性的理念在卢鹤绂头脑中愈发清晰,他产生了重新探讨相对论的想法,并欲对所有物理理论进行综合性的理论综合。

这些想法体现于他的《高能粒子物理漫谈》一书。在"与工程技术和其他学科的关系"一章中,卢鹤绂写道:"鉴于已有知识是在占全宇宙渺小的时空中取得的,要想用它来概括全宇宙可能是个奢望。但是也正是由于这个缘故,我们对微观世界的任一发现或理解都会对宇宙学理论有其深远影响。"后一句话,阐明了粒子物理与宇宙学势必交叉,宇宙学的发展离不开粒子物理发展的影响,这是统一性理念的直接体现。前一句话则表明:任何由局部时空区域里的研究而建立起来的物理理论,当推广到全宇宙时,还是不可避免地带有局限性,这当然包括相对论在内。在"绪论"中,卢鹤绂写道:"在更高能量场领域里进行科学实验将会提供事实根据去改进旧理论或必要时不得不另行建立新理论,以力求认识到能进一步概括新旧现象的规律,……物理学本身的理想是最后能总结出尽可能最简单的几套规律来概括尽可能广阔的经验事实,并且力求能把这些规律用可供灵活运用的方式表达出来。"书的最后,卢鹤绂断言:通过建造更高能量的加速器,可以进一步"解答物质底层结构、自然界作用力的统一、宇宙始原及演化等重大学术课题"。从以上论述中,可以清晰地看出他的研究意向。

1976年,卢鹤绂开始着手研究宇宙真空场结构。

1988年,他与助手王世明共同提出了"宇宙量子引力方程",这是对爱因斯坦相对论所做的艾夫斯-史迪威实验(Ives-Stilweld),提出了不同见解,认为实验并未证明相对论,反而证明了马赫原理,即宇宙由总的质量来确定,而非由时空来确定。爱因斯坦的相对论有历史的局限性,特别是引力实验,已经有明确的、是零的结果。王世明清楚地记得,卢鹤绂特别强调艾夫斯-史迪威实验是对马赫原理的一个"直接"检验,说到"直接"二字,卢鹤绂十分激动,他拍了一下桌子,站起来大声说,其他的都不是"直接"的,只有"直接"的才能证明这一实验的正确。相对论只适合在地球上应用,而不适宜在宇宙中应用。

1991年,《对马赫原理的一个直接检验》甫一成文,卢鹤绂即将其投寄给美国《物理学刊》,结果遭退稿,附条提出质疑并写明:"我们办刊的宗旨是避免产生历史的误会。退稿可提出申诉。"卢鹤绂回答质疑并再次寄出,又被退回来……如此反复5个回合,最终杂志社理屈词穷,寄来一信称:文章太尖锐,不宜在本刊发表。收到信后卢鹤绂并无怨言,只是说,他们不敢发,但其他杂志发他们没意见。"人家有难处,就改发别家吧。"卢鹤绂说。

转眼到了1995年,清明节期间三儿子卢永芳回国探亲,卢鹤绂跟他讲了论文不能发表的前后经过,卢永芳建议还是力争在美国发表,一是国际影响大,二是能迅速得到评论反馈。回美国后,物理学家李·西敏(Lee Shimmin)建议,根据论文摘要所显示的研究方向,以送康涅狄格大学(University of Connecticut)物理系主办的双月刊《伽利略电动力学》为妥,该杂志在质疑主导理论方面赫赫有名。5月1日,卢永芳致电杂志主编豪沃德·海顿(Howard Hayden),当天下午即收到答复,表示极有兴趣。在看了论文摘要和李·西敏撰写的书面评论后,豪沃德·海顿立即决定全文发表。卢永强为论文最终稿进行了逐字逐句的校对,论文发表在《伽利略电动力学》第6期第103页至107页上,使得卢鹤绂最后一篇主要论文得以面世。

豪沃德·海顿认为,此篇论文的发表,开辟了向爱因斯坦相对论挑战的新方法。对此,传承卢鹤绂衣钵的孙女卢嘉曾解释道,爱因斯坦无疑是20世纪以来最伟大的一位科学家,爷爷的《对马赫原理的一个直接检验》,并非全面反对爱因斯坦的相对论,而是在肯定这一理论的基础上提出了新的问题,即:爱因斯坦相对论在地球及邻近的地区是可以适用的,扩展到宇宙是无法适用的。卢鹤绂不赞成现在的主流物理学局部地看问题,把宇宙分开来研究。他的论文是赞成马赫理论的,他认为马赫的理论将整个宇宙作为一个整体进行分析,而非片面地、局部分离地看问题。所以,由此看来,一些问题的提法,最好应该具体分析。

同年11月22日,美国许多著名学者和外交家、记者云集在休斯敦的葛洛利亚大学俱乐部,庆祝卢鹤绂教授挑战爱因斯坦的文章在美国发表。多家报刊找到卢永强,要报道物理学的这一最新进展,卢永强亲自拟就了论文要点,简洁洗练地阐述了父亲的理论:

论文根据光子惯性运动引起的横向多普勒效应，对照艾夫斯-史迪威实验数据，经过周密详细地计算，得出了两个极其重要的理论：其一，横向多普勒效应在宇宙空间是各向异性的；其二，光子的惯性属性是由整个宇宙结构决定的，是符合马赫原理的。这是以一种直接的方法，检验了与爱因斯坦持不同意见的物理学家马赫的理论的正确性，是对爱因斯坦相对论的一个严肃的挑战。

据美国《侨报》报道：庆祝会上，与会者与卢鹤绂通了约半小时越洋电话，卢鹤绂时而用英语，时而用汉语和与会诸位对话，思路敏捷，话语幽默。当人们纷纷祝贺他的论文发表时，他有时会俏皮地反问："这篇文章你也看得懂吗？"

当教育参赞徐志忠向他表示祝贺时，卢鹤绂轻松地说，这篇论文"不过是把天空戳个洞罢了"，但还要看物理学界对论文的反应。当回答记者提问，文章曾被《物理学刊》拒绝一事时，卢鹤绂坦然地说："一般编辑部都不敢登这种文章，他们迷信爱因斯坦，怕人家说他们不懂物理学。"

为了听取不同意见，李·西敏建议将论文寄给世界相对论权威克利弗·维尔教授。在征得教授办公室同意后，卢永芳将该期杂志寄去，结果泥牛入海没了下文。维尔教授是否看了论文不得而知，但回音恐怕是永远不会有了。

但是一批敏感的美国学者明白这一理论的惊人之处，为了证实理论预言，他们开始进行高精度的重复实验，时至今日仍坚持每年冬至、夏至两次观察，积累实验数据。

1996年，李·西敏来到上海卢鹤绂的家中，两个神交已久的老朋友终于见面了。卢鹤绂讲了自己在等离子体方面的研究进展，李·西敏讲了自己对于以太性质和磁性的解释，并说自己不喜欢波粒二象性。卢鹤绂说："老朋友，我建议你看看兰道（L. D. Landau）的书。这个人不简单啊,他在经典物理和量子理论物理的各个方面几乎都有所创见。"

李·西敏点点头:"是的,他的研究视野很宽广,这一点倒是和您很相像。兰道虽是个俄国人,但也是属于哥本哈根学派的。"

卢鹤绂说:"我对哥本哈根学派是心向往之啊。玻尔(Niels Bohr)的学术成就固然令人钦佩,但他创造的平等自由、相互启发、密切合作的学术氛围,我看对世界科学界的贡献可能更大,小小的丹麦居然因为哥本哈根学派的存在而成了物理学家们心目中的圣地。"

"是的。卢教授,您本人也有哥本哈根学派的精神嘛。"

卢鹤绂爽朗地笑了:"西敏先生您也是,我们都是哥本哈根学派。"然后他话题一转,说道:"老朋友,我感觉现代物理学陷入了单纯追求完美的理论形式。不知您怎么看?"

李·西敏深以为然:"是的,对此我也深感遗憾。理论物理不可偏重于数学表述的过分抽象繁复,要避免偏离物理思想而单纯以数学形式推导。而现在的理论物理学界,鹦鹉学舌者多,学的是纯数学结构,而物理思想则很模糊。"

卢鹤绂说:"我自己是很注意两个着重:第一,着重物理概念、物理思想,甚于数学语言、抽象论证;第二,着重整体性观念和简单性观念,把物理学当作一个整体,注意各分支的综合,把作为研究对象的物质体系也当作一个整体,注意各部分的联系,但同时力求理论表述简单明了。我虽然对相对论有所质疑,但是却很欣赏爱因斯坦本人的一个观点,他说科学殿堂的主人,是一些进行纯基础性探索的理论家,他们试图以毕生的精力描绘出一幅简单的易于领悟的世界图像。"

李·西敏说:"您就是一个不知疲倦、终生以探索物理奥秘为乐趣的人。我注意到您书桌上是世界各国的刊物杂志,有物理界的最新动态、最新成就,您始终处于物理研究前沿啊。"

"我是密切关注世界物理学的最新实验,因为我们的国家在实验条件上与发达国家还是有一定差距的,这是现实,所以我们就更要注意在别人实验的基础上,进行更新的理论物理研究,否则就会陷入被动局面……"

卢鹤绂与李·西敏畅谈了整整两天时间,尽欢而散。

老骥伏枥,志在千里(1995年)

第二十章　永远的怀念

　　1996年10月,卢鹤绂因病住进了华东医院。在办理住院手续时,次子卢永亮和儿媳马开桂看到床位紧张,只能临时加一个折叠床,心里虽然不高兴,但也只能接受了,护送父亲进了安放折叠床的小房间。

　　但是,作为一位享誉中外的著名科学家、中科院院士,卢鹤绂却没有一句怨言,依然在晚上与病友在走廊里乐呵呵地看电视。

　　卢鹤绂在华东医院,也没有中断过学习与研究。他预计,科学家将在21世纪揭开宇宙起源之谜。住院数月,他依然关心着国事、校事,关心九三学社的工作。

　　卢鹤绂住院后,浙江大学副校长李文铸前来探望老师,卢鹤绂拿着笔记本和美国《时代杂志》,动情地对肩负重任的学生说:"只要我们稍停下来,就会落后……"

　　还有3天就要过小年了,卢鹤绂交代陈辩靖,替他按照老习惯给三妹卢鹤桐汇款。他在汇票留言栏亲笔写道:"春节将至,汇上500元,供吾妹过年用。我已大好,但还需等几个月才能出院,勿念。大哥1月28日。"

　　1997年的春节到了,病情有所好转的卢鹤绂出院,回家过年。

　　大年夜,看过了电视节目,卢鹤绂与往常一样躺到床上,习惯性地凝望着挂在床头上珍贵的巨幅历史照片。那是在中华人民共和国成立的第七个年头,党中央邀请包括卢鹤绂在内的著名科学家,来首都共同谋划建设新中国的宏伟蓝图。会议期间,毛泽东、周恩来、朱德等中央领导接见与会科学家,并和他们亲切合影。望着,望着,卢鹤绂又想起肩上的历史重任与使命。

在屋内的一侧,还有一幅"老骥伏枥 志在千里"的刚劲有力的书法作品,这是卢鹤绂在患病期间亲笔写下的座右铭。

"叮铃铃……"一阵电话铃声打断了卢鹤绂的沉思,是弟子袁竹书打来了拜年电话。卢鹤绂爽朗地笑着说,"竹书啊,今年我上当啦。我以为每年除夕的电视节目,总有精彩的京剧段子,谁知今年偏偏没有。哈哈哈……"

大年初一到初二,卢鹤绂还兴致勃勃地与前来探望的朋友和学生们探讨"爱因斯坦相对论"的问题。要知道,卢鹤绂已经写出了8大提纲44项研究进展资料,他与王世明研究的宇宙物理基本理论已经有了根本性突破,《对马赫原理的一个直接检验》仅仅是他研究内容的十分之一。卢鹤绂曾考虑再三,最终决定不能急于公布最核心的内容,因为他清楚,当时只有科研和经济都发达得多的美国和俄罗斯才有相应的实验能力,如果把整个理论都拿出来,最大的受益者将会是美国或者俄罗斯,而中国在这方面只会更加落后。这样,就违背了他科研为祖国服务的毕生追求,尽管这样做他的理论不会被学术界承认,但他义无反顾。

大年初三,卢鹤绂在陈骅靖的护理下,又回到华东医院。上午,原子核所副所长程晓伍去医院探望老师卢鹤绂,只见老师的病房和茶几上又摆满了新近出版的中外刊物、书籍、报纸。

大年初四,卢鹤绂对身边的陈骅靖说他有信心在物理学的新领域取得更大突破,为中国赢得第一个诺贝尔奖……

1997年2月13日,农历大年初七,卢鹤绂写下了一生中的最后一篇日记:"晨胰岛素暂停一次,晴。上午九时打胰岛素;陈、丁二大夫来诊病;到二楼做心电图,到三楼照X光。"

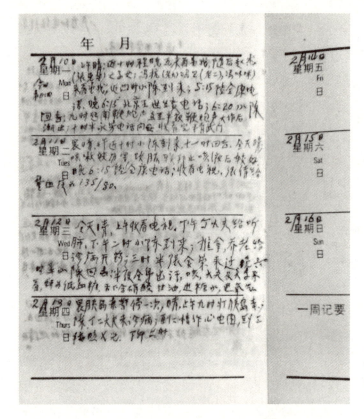

卢鹤绂一生中最后一篇日记（1997年2月13日）

傍晚时分，卢鹤绂照例打开日记本，但他刚刚写下"下午六时"几个字，突然呼吸困难，身感不适，只好放下日记本，要求医生给他打针。当时主治医师不在，值班医生误认为是哮喘病发作，就让护士给卢鹤绂打了一个止喘针，而实际上，卢鹤绂当时是心脏不适。

陈铧靖在事后回忆事情的经过时，记得大概是晚上7时左右，卢鹤绂躺在病床上，拉住陈铧靖的手，用那么熟悉、慈祥的目光望着干孙女，慢慢地闭上了双眼。

陈铧靖认为卢爷爷又睡着了，她知道老人家是太累了，真的需要好好地休息休息……

可是，卢爷爷再也没有醒过来。她怎么也不相信这是真的！她紧紧地抓住卢爷爷的手,不停地哭喊着:"爷爷您不要走,不要离开我们!"

可是,无论她怎么喊,怎么哭,卢爷爷再也不能看她一眼了。这一刻起,陈䶮靖知道真的失去了可敬可亲的爷爷了,永远地失去了一位关心她、爱护她、教导她的好爷爷,没有了爷爷,她感觉天空似乎变成灰色的了……

卢鹤绂的三个儿子、儿媳当时都在美国,听到噩耗后,根本没想到竟然会发生这么巨大的变故。他们分别赶回上海,在遗像前哭成了一团……

卢鹤绂不幸逝世后,国务院常务副总理李岚清以及宋健、周光召等发来了唁电。哥斯达黎加总统府和美国参议员哈金逊等许多外国友人也发来唁电。中国物理学会、中国科学院学部主席团、国务院学位委员会、九三学社中央委员会、北京大学、中国科技大学、清华大学、中国原子能科学研究院、南京大学、山东大学、广西大学、浙江大学、上海交通大学等20多个院校发来了唁电。

卢鹤绂的家属向遗体告别(1997年)

卢鹤绂逝世后,吴邦国、钱伟长、吴阶平等敬献花圈(1997年)

在众多唁电中,"中国原子弹之父"王淦昌的评价"我钦佩卢鹤绂的学问和为人"是对卢鹤绂"平凡而伟大的人生"的最好评语。当年,王淦昌曾与卢鹤绂在贵州湄潭共事。他们一起住在灰尘很厚的小屋内,一起吃白薯和着盐水下饭,一起在颠沛流离的岁月里雄心勃勃地做着"原子梦"和"强国梦"……一起患难相处了半个世纪,他们有着情深意切、无比深厚的友谊和感情。

上海复旦大学为卢鹤绂举行了追悼会。会场两侧鲜花似海,挽联众多,其中两幅十分引人注目:

"立方程撰巨作殚劳终生,探核密研新论功绩千秋。"

"纯真科学大家,心绝纤尘,念兹在兹,功被物理微、宏、宇;义方教育名师,胸涵学海,勤斯敏斯,范存辟雍达、兹、严。"

追悼会结束后,卢鹤绂的骨灰被子女们护送至上海市郊的天马山公墓,与妻子吴润辉和20岁时因车祸去世的四子卢永江安葬在一起。这块墓地是卢鹤绂生前亲手选定的,因为"天马行空"是他所欣赏的思维方式和秉性特点。墓碑面南,朝向太阳的方向,就像他的一生,永远

第二十章 永远的怀念

心系他深爱的祖国。

卢鹤绂不幸离世，他的亲人及子孙们的悲痛不必细说，单从保姆陈辫靖一封催人泪下的书信中，足以见证她对卢爷爷珍贵而纯真的感情：

……婷婷的祭文，更引起我们这些孙子辈的悲痛和哀思。往日爷爷对我们的疼爱，历历在目，齐喊祖父：深恩未报，何曾歇足？哀思不断，遗容永驻。此时此刻的我伤心至极，泪如泉涌。我多么希望在这个世界上有什么灵丹妙药，能够把爷爷救回来。每当下班后看着爷爷的骨灰，每当我喊爷爷的时候，再也听不到爷爷的应声，上班时再也听不到爷爷慈爱可亲的关切嘱咐。"路上骑车要小心，有绿灯才能过马路"等叮嘱，现在再也听不到了。那是爷爷的亲切话语啊！

十几年来，我生活在爷爷身边，爷爷跟我无话不说，从科学知识到家庭往事，爷爷都会告诉我。他不仅是科学界的大师，也是一个伟大的教育家。爷爷在教我知识的同时，传授我美德，教育我怎样做人，他谆谆教导，鼓励我做一个有知识、有文化的有用之才。

往事历历，齐涌心头。在爷爷住院期间，我辞去工作，天天在爷爷身边，照顾爷爷，爷爷非常高兴。后因爷爷病情好转，我每天中午上3个小时的班（此时爷爷在休息），下午两点左右下班。爷爷让阿姨推着轮椅下楼，在医院大门口等我。有时我怕他累，叫爷爷不要接我。爷爷说怕我不来，很想念我。听了爷爷的话，我心里非常激动，感到爷爷对我的关怀无微不至。

今生今世，我有这样一位德高望重的爷爷，是我最大的幸福！我心足矣！足矣！足矣！我会好好记住爷爷对我的教诲，要谦虚谨慎地做人，好好学习，做一个有用之人。

爷爷的离去，不仅是对国家和家人的损失，对我来说也是最大的损失。我将永远怀念爷爷，愿爷爷在天之灵安息！

卢鹤绂的长孙女卢嘉在爷爷去世后与好友的通讯中，零星地谈到了有关她与爷爷卢鹤绂的往事，她认为爷爷对她的爱，对她的影响与熏陶，是无法磨灭的。她认为她之所以能取得一点成绩，是同爷爷的关心与鼓励分不开的……

卢嘉深知对爷爷最好的怀念是继承爷爷的遗志，把爷爷在科学领域的探索研究继续下去……卢嘉在爷爷去世的当年，获得了美国哈佛大学应用物理学博士学位。

在"2000年国际自然科学与工程基本问题研讨会"上，卢嘉和王世明合作宣读了论文《宇宙量子引力方程和狄拉克假说》，这一卢氏宇宙演化量子引力规律新理论，不仅将引力场和电磁场合二为一，而且将量子论与引力论统一得出宇宙量子引力方程，并提出制约4个基本相互作用的宇宙量子引力常数。论文引起世界各国科学家的重视，被俄罗斯大会副主席称为"报告极有创造性，是中国与俄罗斯在科学领域合作的新起点"。

2002年9月，卢嘉进入美国加州大学物理系任教授，并多次回国讲学，先后应邀在山西师范大学、中国科学院物理研究所、清华大学、浙江大学和复旦大学报告她的最新科研成果。

2004年5月6日，卢嘉以其在纳米科学研究方面取得的重大突破，荣获美国"总统职业荣誉奖"。获奖后，卢嘉没有停下脚步，她又回到了加州的实验室，投入到下一步科学研究中，她希望在纳米技术的研究上继续有所突破，以更大的科研成果作为对爷爷最好的继承与怀念。

卢永亮、卢永芳则在父亲去世后创办了全国首家民营的物理学科研机构——卢鹤绂格物研究所，在上海、北京及美国设立了研究机构，创办了《格物》学刊。成立格物研究所、创办《格物》，是卢鹤绂早在 1978 年就提出的一个设想，他希望全世界的理论物理学家藉此平台进行学术交流，使中国的科研赶超世界先进国家的水平。

卢鹤绂的弟子与学术同行，则在北京不定期举办"卢鹤绂论坛"，开展学术交流，将卢鹤绂的学术思想薪火相传。

卢鹤绂逝世后，世界各地纷纷发表文章以追思这位物理大师的成就及对人类的贡献。在他去世第二年的 1998 年 8 月 30 日，卢鹤绂纪念铜像在美国休斯敦第一浸信教会学校落成，学校实验室同时被命名为"卢鹤绂科学实验室"。第一浸信教会牧师

南加大终身教授卢嘉在明尼苏达大学爷爷卢鹤绂的故居前(2002 年)

主持了铜像落成典礼，并介绍了卢鹤绂的科学成就，卢鹤绂的亲属、生前友好及大约 2 000 多位教会成员参加了落成典礼。美国联邦议员凯·贝利哈德逊、美国前交通部副部长赵小兰等送来了贺信。这是美国主流社会塑立的第一座中国科学家雕像。在美国，享有此誉的中国人，除了孔子、孙中山，就是卢鹤绂了。

2004 年，卢鹤绂曾经学习和工作过的美国明尼苏达大学，为了纪念卢鹤绂在科学领域的巨大成就，决定专门为其塑立雕像。

美国主流社会为一位中国科学家接连塑立两座雕像，这是十分罕

美国休斯敦第一浸信教会学校卢鹤绂铜像落成典礼(1998年)

见的,这也足以说明卢鹤绂在世界上的威望和影响。

2005年,美国夏威夷市政府决定:6月15日为卢鹤绂日。这是中国的骄傲,也是全球华人的殊荣。

卢鹤绂逝世后,在他的原籍山东莱州市梁郭卢家村落成了"卢鹤绂故里"纪念壁。

在莱州市区掖县公园的"名人大道",雕塑了卢鹤绂掩卷静坐思考的铜像,铭文记载:中国核能之父卢鹤

明尼苏达大学物理系为卢鹤绂塑立铜像(2004年)

故乡山东莱州掖县公园"名人大道"塑立的卢鹤绂铜像(2012年)

绂,字合夫,莱州市梁郭卢家疃人,是一位勋业彪炳的科学家、教育家,更是高山仰止的一代宗师。

莱州市第一中学将图书馆命名为"鹤绂图书馆",意在让莘莘学子传承卢鹤绂赤诚的爱国精神、无私的奉献精神和永不止步的科研精神,学校以这种永恒的方式,来纪念这位伟大的爱国者、教育家和科学奇才。

2014年6月7日,在卢鹤绂院士诞辰100周年纪念日,上海复旦大学隆重举行纪念大会,复旦大学、上海九三学社、上海市人民政府以及卢鹤绂家乡山东省莱州市的领导和复旦大学的学子出席纪念大会。纪念会后,在卢鹤绂工作过的复旦大学现代物理研究所门前,专门塑立了卢鹤绂铜像,旨在让更多的复旦学子铭记卢鹤绂院士的品格和风范,激励复旦学子的爱国心和报国之志,不懈探索,永攀科学高峰。

卢鹤绂院士,是中国乃至世界天空中永远闪烁的科学之星。

莱州市第一中学将图书馆命名为"鹤绂图书馆"(2013 年)

参考文献

1. 卢鹤绂:往事回忆,莱州文史资料第四辑,1990,10
2. 中国科学院学部联合办公室:中国科学院院士自述,上海:上海教育出版社,1996,5:37
3. 吴水清、卢嘉:卢鹤绂年表,北京:机械工业出版社,1997,5
4. 古江:卢鹤绂侧影,上海:复旦大学出版社,2004,7
5. 钱三强:中国原子核科学发展的片断回忆,人民日报(海外版),1990,11,6
6. 杨福家:追求卓越,上海:复旦大学出版社,1995,5:111
7. 卢永亮、卢永芳、马开桂、吴水清:卢鹤绂在核能领域中的卓越贡献,自然辩证法通讯,2002,24(1):75—79
8. 文汇报编辑部:中国现代科学事业的开拓者——耕耘科坛五十春的18位学部委员剪影,文汇报,1988,10,23
9. I·阿西摩夫:古今科技名人辞典,北京:科学出版社,1988,5:346
10. 葛乃福:在原子核世界里进出五十春——记著名物理学家卢鹤绂教授,知识与生活,1984,5:33—34
11. 沙恩:学部委员卢鹤绂教授答本刊记者问,现代物理知识,1992,4(3):2
12. 子青:揭露原子弹秘密第一人——卢鹤绂与原子弹秘密,新晚报(香港),1993,7;自由人报(美国),1994,1

13. 秋埔:以中国人名命名的物理学名词·五·卢鹤绂不可逆性方程,现代物理知识,1994,6(3):34—36
14. 郑春开:核科学家摇篮——北京大学技术物理系的创建、发展和历史演变(1955—2001年),http://www.cnki.com.cn/Article/CJFDTotal-WLZZ 200310002.htm
15. 兰妮:挑战爱因斯坦——卢鹤绂格物所登上国际讲坛,天津日报(北方周末),2000,9,8
16. 卢鹤绂:在氢和三氟化硼的低气压紧缩放电中离子的纵向提取,The Physical Review,58(1940):199
17. 卢鹤绂:重原子核内之潜能及其利用,科学,1944,27(2):9—23
18. 卢鹤绂:从铀之分裂到原子弹,科学,29(1947):13—20
19. 卢鹤绂:论核模型,Phys. Rev,77(1950):416
20. 卢鹤绂:容变粘滞性之唯象理论,物理学报,1950,7(5):565
21. 卢鹤绂、曹萱龄:铀核之自裂,中国科学 1(1952):77
22. 卢鹤绂、姚震黄:关于热能中子所致铀 235 分裂时发出的中子数目的讨论,物理学报,1955,11(3):199
23. 卢鹤绂:高能粒子物理学漫谈,上海:上海科学技术出版社,1979,11
24. 卢鹤绂:从新技术革命谈中学物理教学改革,保定:教育科学出版社,1985:13—25
25. 卢鹤绂:自然得之与只能失之,现代物理知识,1993,5(2):2
26. 王世明、卢鹤绂:对马赫原理的一个直接验证,伽利略电动力学,1995,6:103—107
27. 吴水清:中国著名物理学家卢鹤绂的生平与成就,中国科技史料,1997,18(3):36—44
28. 吴水清:卢鹤绂,科学画报,1999,11:29
29. 吴水清:卢鹤绂的教育思想与科学品德,科学实验,1997,17(5):240—241
30. 吴水清:中国核能之父卢鹤绂,北京:中国大百科全书出版社,2000:

15—16

31. 吴水清:论卢鹤绂的科教思想,物理通报,2002,4:40—43
32. 吴水清:遥远而永恒的回忆——我与卢鹤绂院士的忘年情结,世界科学,2002,11:45—46
33. 吴水清:美国学者评说卢鹤绂,美国侨报,2003,6,24
34. 吴水清:卢鹤绂的人格魅力,格物,2004,4(2):23—26
35. 吴水清:卢嘉的科学贡献和美国"总统职业荣誉奖",格物,2004,4(2):增刊
36. 吴水清:13名院士对卢鹤绂先生评价,格物,2005,5(2):99
37. 吴水清:关于首次诺贝尔奖无缘讨论的历史回忆,格物,2007,7(1):42—49
38. 吴水清:论卢鹤绂科学精神,格物,2007,1:87—97
39. 毕品镇、唐廷友:不知疲倦的探索者——卢鹤绂,中国科学院院刊,1990,2:164
40. 汤家镛、陆全康:怀念导师卢鹤绂院士——纪念卢鹤绂先生逝世两周年,自然杂志,1998,20(6):349—352
41. 沈葹:纯正学者的思想和品格——纪念恩师卢鹤绂院士逝世五周年,世界科学,2002,(3):40—42,33
42. 张英平:为人师表,教人奋进——纪念卢老师诞辰90周年,格物,2004,4(2):27
43. 周筑颖:纪念卢鹤绂先生逝世五周年,格物,2004,4(2):26
44. 汉格福(著)、张冰(译):在卢鹤绂先生诞辰90周年纪念大会上的报告,格物,2004,4(6):147—148
45. 马樱健:青年"海归"挑起铁路大梁,http://epaper.tianjinwe.com/cskb/cskb/2010-08/19/content_134140.htm
46. 王英:追求卓越——记上海福特通信设备有限公司董事长卢永亮,星岛日报,1999,9,22(特刊):B10
47. 卢永芳:我在美国闯世界,国际人才交流,2000,(6):25—27

48. 聆江:卧忆平生犹未悔——忆核科学家卢鹤绂,档案春秋,2014,2
49. 张志尧:红色记忆,乌鲁木齐:新疆美术摄影出版社,2014,5
50. 周桂发:卢鹤绂院士百年诞辰纪念文集,上海:复旦大学出版社,2014,5

图书在版编目(CIP)数据

卢鹤绂传/蔡沐禅,刘忠坤著. —上海:复旦大学出版社,2015.7(2019.8 重印)
ISBN 978-7-309-11431-7

Ⅰ.卢… Ⅱ.①蔡…②刘… Ⅲ.传记文学-中国-当代 Ⅳ.I25

中国版本图书馆 CIP 数据核字(2015)第 094074 号

卢鹤绂传
蔡沐禅 刘忠坤 著
责任编辑/范仁梅

复旦大学出版社有限公司出版发行
上海市国权路 579 号 邮编:200433
网址:fupnet@fudanpress.com   http://www.fudanpress.com
门市零售:86-21-65642857   团体订购:86-21-65118853
外埠邮购:86-21-65109143   出版部电话:86-21-65642845
上海华教印务有限公司

开本 787×960 1/16 印张 13.25 字数 169 千
2019 年 8 月第 1 版第 5 次印刷
印数 12 201—13 300

ISBN 978-7-309-11431-7/I·923
定价:33.00 元

如有印装质量问题,请向复旦大学出版社有限公司出版部调换。
版权所有   侵权必究